大魚讀品
BIG FISH BOOKS

U0527830

让日常阅读成为砍向我们内心冰封大海的斧头。

杀手的记忆法

〔韩〕金英夏 著
卢鸿金 译

国际文化出版公司
·北京·

图书在版编目（CIP）数据

杀手的记忆法 /（韩）金英夏著；卢鸿金译. -- 北京：国际文化出版公司，2023.1
ISBN 978-7-5125-1462-1

Ⅰ. ①杀… Ⅱ. ①金… ②卢… Ⅲ. ①长篇小说-韩国-现代 Ⅳ. ① I312.645

中国版本图书馆 CIP 数据核字（2022）第 215238 号

北京市版权局著作权合同登记 图字 01-2022-6318 号

Copyright © 2013 by Kim Young-ha
All rights reserved.
Published by arrangement with Neon Literary LLC, through The Grayhawk Agency Ltd.
Simplified Chinese translation copyright © 2023 by Beijing Xiron Culture Group Co., Ltd.

杀手的记忆法

作　　者	〔韩〕金英夏
译　　者	卢鸿金
责任编辑	侯娟雅
出版发行	国际文化出版公司
经　　销	国文润华文化传媒（北京）有限责任公司
印　　刷	河北鹏润印刷有限公司
开　　本	787 毫米 × 1092 毫米　　32 开 6.625 印张　　　　　　　100 千字
版　　次	2023 年 1 月第 1 版 2023 年 1 月第 1 次印刷
书　　号	ISBN 978-7-5125-1462-1
定　　价	45.00 元

国际文化出版公司
北京朝阳区东土城路乙 9 号　　邮编：100013
总编室：(010) 64270995　　　传真：(010) 64270995
销售热线：(010) 64271187
传真：(010) 64271187-800
E-mail: icpc@95777.sina.net

目录

杀手的记忆法 · 01

作者的话 · 177

书评 · 183

杀手的记忆法

我最后一次杀人已是在二十五年前。不,是二十六年前吧?反正约莫是那时候的事。直到那时为止,促使我去杀人的原因并非人们经常想到的杀人冲动、变态性欲等,而是"惋惜"、还可以成就更完美快感的希望。每次在埋下死者的时候,我总是重复念叨着:

　　下次一定可以做得更好。

　　我停止杀人,正是那点希望消失所致。

*

我写了日记,冷静地回顾。嗯,因为似乎有此必要。我认为必须写下哪里出了问题、当时心情和感受如何,才不会重复令人扼腕的失误。正如考生都会整理误答笔记,我也将杀人的全部过程和感觉巨细无遗地记录下来。

后来我才发现这真是一件没有意义的事。

书写句子实在是太难了。也不是要写什么传颂千古的文章,只是日记而已,怎么会如此困难?我不能完整地呈现自己感受到的喜悦和惋惜,这让我的心情糟透了。我读过的小说只限于语文教科书里的文章,但是那里面没有我需要的句子。所以我开始读诗。

可我判断错了。

在文化中心教诗的老师,是和我同辈的诗

人,他在第一次上课的时候,用严肃的表情说出了让我发笑的话:"诗人就像老练的杀手一样,捕捉语言,最终将其杀害。"

那时已经是我"捕捉、最终杀害"数十名猎物,并将他们埋在地下之后。但是我不认为自己做的事叫作诗。我觉得比起诗,杀人更接近散文。任何亲自做过的人都能明白,杀人这个工作远比想象中烦琐、肮脏。

无论如何,托那位老师的福,我确实是对诗产生了兴趣。我虽生来对悲伤无感,对幽默却是有所反应的。

*

我读了《金刚经》。

"应无所住,而生其心。"

*

　　我听了很长一段时间的新诗课程，原本想，如果课程让我失望的话，我就把老师杀了。幸好课程还蛮有趣的，老师让我笑了几次，也称赞了两次我写的诗，所以我让他活了下来。他大概到现在还不知道从那时候开始的人生是赚到的吧？我对他不久前写的诗作相当失望，真后悔没有在那时就把他给埋了。

　　像我这样天赋异禀的杀手都已经金盆洗手了，可他居然还凭着那点本事写诗？真是厚颜无耻啊！

*

　　最近我老是跌倒，骑脚踏车也跌倒，走在路上也会被石头绊倒。我忘了很多事情，甚至还烧坏了三个茶壶。恩熙打电话来说已经给我预约好

了医院做身体检查,我生气地大吼大叫了半天。恩熙默不作声了好一会儿后,说道:

"确实不正常,脑子一定出了什么问题,我还是第一次看到您这么生气。"

难道我真的没生过气?我正发呆,恩熙挂断了电话。我想继续把话说完,于是拿起手机,但突然想不起打电话的方法。是要先按通话键,还是先按号码再按通话键?话说恩熙的号码是多少?不,不是这样,好像还有更简单的方法。

真是烦死了,我把手机丢了出去。

*

因为不知道诗是什么,所以我如实地写出了杀人的过程。第一首诗好像是《刀与骨》吧?老师说我的诗文非常新颖,又说我用鲜活的语言和对于死亡的想象力,敏锐地呈现出生命的无常,并反复赞赏了我的"metaphor"。

"metaphor 是什么呢？"

老师嘻嘻一笑，解释了 metaphor 的含义。我很不喜欢那个笑容。听完我才明白，metaphor 就是比喻。

啊哈！

这么说虽然有些过意不去，但那些东西根本就不是比喻啊！你这天真的人！

*

我翻开《般若波罗蜜多心经》阅读。

"是故空中无色，无受想行识，无眼耳鼻舌身意，无色声香味触法，无眼界，乃至无意识界。无无明，亦无无明尽，乃至无老死，亦无老死尽。无苦集灭道，无智亦无得。"

"您真的没学过诗吗？"老师问道。"我应该学过吗?"我一反问,他便马上回答:"不,如果没学好,反而会影响到写作。"我对他说:"啊,原来如此,那真是幸运。不过不只是诗,人生还有其他一些无法跟别人学习的东西。"

*

我照了MRI(磁共振成像),躺在形似白色棺材的检查台上。我进入光线之中,好像一种濒死体验。飘浮在空中俯视自己身体的幻觉袭来,死神就站在我身旁。我知道,我即将死亡。

一星期后,我做了个叫什么"认知检查"的项目。医生问,我回答。问题虽然简单,回答起来却很难,感觉就像把手放进水槽里去捞却怎么捞也捞不到的鱼一样。现在的总统是谁?今年是哪一年?请你说说看刚才听到的三个词;17加5是多少?我确定我知道答案,却怎么也想不起来。

知道，却又不知道。世上怎么会有这样的事情？

检查完，我见了医生，他的脸色有些沉重。

"你的海马体正在萎缩。"

医生指着 MRI 照片说道。

"这很明显是阿尔茨海默病，至于是哪个阶段还不确定，需要一些时间观察。"

坐在旁边的恩熙紧闭着双唇，不发一语。医生又说道：

"记忆会逐渐消失，会从短期的记忆或最近的记忆开始，虽然可以减缓消失速度，但没办法阻止。您现在能做的就是按时服用开给您的药，并且把所有事情都记录下来，随身携带。以后您可能会找不到回家的路。"

*

我再次翻阅已然泛黄的文库本《蒙田随笔

集》。这些句子，年纪大了再读还是很好。"我们因为担忧死亡而将生活搞砸，因忧虑生命而将死亡破坏。"

*

从医院回来的路上遇见临检。警察看到恩熙和我的脸，好像认识一样，就叫我们离开。他是合作社社长的小儿子。

"因为发生了杀人案件，现在正在盘查，已经好几天了，没日没夜的，我都快累死了。杀人犯会像这样大白天在街上闲逛，说'你来抓我'吗？"

听说我们郡和邻近的郡有三个女子连续遇害，警方断定是连环杀人案。三个女子都是二十多岁，在深夜回家的路上被杀害，手腕和脚踝都有被捆绑的痕迹。在我被"宣判"得了阿尔茨海默病之后，紧接着就出现了第三个被害者，所以我当然会这么问自己：

或许，是我干的吗？

我翻开挂在墙上的月历，看了一下她们被绑架杀害的日期。我有毋庸置疑的不在场证明。虽然万幸不是我干的，但有个任意绑架、杀害女人的家伙出现在我生活的区域内的话，这感觉还是不太好的。我反复提醒恩熙要注意可能徘徊在我们周围的杀人犯，并告诉她注意事项：绝对不要深夜独自外出，坐上男人车子的那一瞬间你就完了，戴着耳机走路也非常危险。

"不要太担心啦！"

恩熙走出大门时又加了一句：

"您以为'杀人'是随便谁家孩子的名字啊？"

*

我最近把所有事情都记录下来，有时在陌生

的地方猛然惊醒，不知如何是好，所幸脖子上挂着名牌和地址，才得以回到家里。上星期有人把我送到派出所，警察笑着迎接我。

"老伯，您又来了？"

"你认识我？"

"那当然，我可太熟啦，也许我比老伯更了解您自己呢！"

真的吗？

"令爱马上就会来的，我们已经联系她了。"

*

恩熙毕业于农业大学，在地方[1]的研究所就职，从事植物品种改良的工作。她有时也会将两

---

[1] 此处"地方"指首尔以外的城市。——编注

种不同的植物嫁接，培养出新品种。她穿着白袍，一整天都待在研究所里，偶尔还得熬夜，植物对人类的上下班时间没有兴趣，可能有时还得在半夜让它们受精吧。它们不知羞耻、非常迅速地成长。

大家以为恩熙是我的孙女。如果说她是我女儿，大家都会吓一跳，因为我今年已经过了七十岁，而恩熙只有二十八岁。对于这个谜团最感兴趣的，自然也是恩熙。她十六岁时在学校学习了与血液相关的知识，我是 AB 型，恩熙是 O 型，这是亲生父女不可能出现的血型。

"我怎么会是爸爸的女儿？"

我属于尽可能努力说实话的类型。

"你是我领养的。"

我和恩熙疏远，大概就是从那个时候开始。她好像因为不知道该怎么对待我而张皇失措，于是我们之间的距离终究没能拉近。从那天起，恩熙和我之间的亲密感不复存在。

有一种疾病叫卡普格拉综合征，病因是大脑里控制亲密感的部位发生异常，得了这个病，在看到熟人时，虽认得外表，却会感到陌生。例如，丈夫会突然怀疑妻子："长着我老婆的面孔，行为举止和我老婆一样，你究竟是谁？谁让你这么做的？"面孔一样、做的事情也相同，却感觉是别人，只觉得她是陌生人。最终这个患者只能以一种被流放在陌生世界的心情存活着，他们相信长着相似面孔的陌生人一起欺骗着自己。

从那天以后，恩熙似乎开始对于自己身处的这个小世界、这个只有我和她组成的家庭感到陌生，即便如此，我们仍住在一起。

*

只要一刮风，后院的竹林就喧嚣不已。我的心也会随之慌乱起来。刮大风的日子，小鸟似乎也闭紧了嘴巴。

购买竹林一事已经过了许久。我对这笔交易从来没有后悔过,因为我一直很想拥有自己的竹林。我每天早晨都会去那里散步。竹林里绝对不能跑步,因为不小心跌倒的话,可能会当场死亡。如果砍掉竹子,只剩底部,那个部分会非常坚硬锋利。所以走在竹林里,经常要留意脚下。耳朵倾听着竹叶唰唰作响的声音,心里则会想起埋在那底下的人。那些尸体变成了竹子,高耸入云。

*

恩熙问过我。

"那我亲生父母在哪里?他们还活着吗?"

"都过世了,我是从孤儿院把你带回来的。"

恩熙不愿相信。她好像自己一个人上网查过,也去过公共机关询问,关在自己的房间里哭了好几天，最终接受了这个事实。

"您和我亲生父母原本就认识吗？"

"见是见过，但不是很熟。"

"他们是怎样的人？是好人吗？"

"他们人非常好，直到最后一刻还担心着你。"

*

我煎着豆腐，我早上吃豆腐，中午吃豆腐，晚上也吃豆腐。在锅子里浇上油，然后把豆腐放上去，差不多熟了以后翻面继续煎，就着泡菜一起吃。不管阿尔茨海默病如何严重，我相信这个是我自己可以做的。煎豆腐配白饭。

*

事情始于一起轻微的交通事故。地点在三岔

路口，那家伙的吉普车停在我前方。我最近经常看不清前面，大概是阿尔茨海默病的缘故吧，我没看到停在前方的车，瞬间撞了上去。那是改装成打猎用的吉普车，车顶不但装有探照灯，保险杠上还挂了三个雾灯。这种车的后车厢都改装成能用水刷洗的，干电池还多装了两个。只要打猎的季节一开始，这些家伙就会聚集到村庄的后山。

我从车上下来，走向吉普车。他没下来，车窗还紧紧地关着，我敲敲车窗：

"请下来一下。"

他点了点头，挥手示意我离开。奇怪了，至少得看看后方的保险杠吧。他看我站着一动也不动，终于下了车。他看起来三十岁出头，个子不高但非常结实，心不在焉地看了看后保险杠后，说："没关系。"怎么会没关系？保险杠已经凹进去了。

"您走吧，老伯，本来就变形了，没关系的。"

"就算是这样,以防万一,我们还是留个电话吧,别到时候再出什么问题。"

我把我的电话号码递给他,他不想收下。

"不用了。"

那是不带任何感情、非常冰冷的声音。

"你住在这个村里吗?"

这家伙没有回答,反而开始正视我的眼睛。那是一双毒蛇的眼睛,冰凉而冷酷。我确信,在那当下我们俩都认出了彼此。

他在便条纸上工整地写下名字和电话,看着像小孩子的字。他的名字是朴柱泰。为了再次确认损坏程度,我又回到吉普车后方,那时我看到从后车厢里滴下来的血。我看着血滴时,也感觉到他注视着我的视线。

如果看到打猎用的吉普车在滴血,一般人都会认为那是载着死亡的小鹿或是其他猎物。但我假定那里面有人的尸体,这个假定比较保险。

*

是谁呢？好像是西班牙，不，是阿根廷的作家吧？如今连作家的名字也想不起来了，反正就是不知道是谁的小说里曾出现这样的故事：有一个老作家在江边散步，遇见了一个年轻人，他们一起坐在长椅上谈话。老作家之后才领悟到，在江边遇见的那个年轻人正是自己。如果我遇见了年轻时的自己，我能不能认出来呢？

*

恩熙的生母是我最后一个祭物。将她埋到地下之后，我在回家的路上，因为撞到树木而翻车了。警察说我在准备超速时，在弯道上失去了重心。我接受了两次脑部手术。刚开始以为是受药物的副作用影响，我躺在病床上，心里无比平静。这很是奇怪。以前我只要听到人们的喧哗，就会厌烦得无以复加。点菜的声音、孩子的笑声、女人叽叽喳喳的声音，我都很讨厌。但是突如其来的平静让我知道，我过去奔腾不已的内心是不正常的。我像是耳朵聋掉的人一般，必须去适应骤然降临内心的静寂和平稳。不管是因为车祸时的撞击，还是因为医师的手术，总之我的脑袋里分明发生了什么事情。

*

词汇逐渐消失。我的脑部变得像海参一样平滑、出现漏洞，所有东西因此都在流失。每天早晨我会把报纸从头读到尾，读完后，我却觉得忘记的内容要比读到的更多，但我还是继续读。每次读句子时，我都觉得自己像在强行组装缺了一些必备零件的机械。

*

　　我已经觊觎恩熙的生母许久。她在我上过课的文化中心工作，小腿非常漂亮。不知是不是诗和文章的缘故，我的内心似乎变得懦弱，冲动好像也被反省和反刍抑制住了。我不想变得懦弱，也不想压抑内心沸腾的冲动。我仿佛被卷进黑暗而深邃的洞窟，所以希望知道我是否还是自己所熟知的我。我睁开眼睛时，恩熙的生母正好出现在眼前 —— 偶然经常是不幸的开端。

　　所以我把她杀了。
　　但是很吃力。
　　真令人失望。

　　那是没有任何快感的杀戮。那时说不定已经发生了什么，两次脑部手术只是更加让其无法挽回而已。

我在早晨的报纸上看到又发生连环杀人的事件，新闻说地方受到了严重的冲击。是从什么时候开始发生连环杀人案件的？我觉得很奇怪，于是翻开笔记本一看，果然有我曾经整理出的三起杀人事件的记录。最近忘性更大了，没有写下来的事情如同沙粒，从指间流失。我把第四起杀人的相关报道内容写在了笔记本上。

二十五岁女大学生的尸体在田间道路上被发现，手脚有被捆绑的痕迹，没有穿任何衣服。这次也是在绑架、杀害后，将尸体遗弃在田间道路上。

*

那个叫朴柱泰的家伙一直没有跟我联络，但

我曾见过他几次,说是偶然,也未免太常见到了,一定还有就算看到也没认出来的时候。他就像狼一样,在我家周边徘徊,监视着我的动静。我为了跟他搭话而走近他时,他又在转瞬间消失无踪。

*

那家伙是不是在打恩熙的主意?

比起我杀死的人,我忍着没杀的人更多。"这世上没有哪个人能随心所欲地活着。"——这是父亲的口头禅。我也这么觉得。

*

早晨我似乎没认出恩熙,所幸现在认出来

了。医生说，连恩熙都会在不久后从我的记忆中消失：

"您只会记得她小时候的样子。"

连她是谁都不知道的话，我是无法保护她的。所以我用恩熙的照片做成挂坠，挂在脖子上。

"您这么做也没用，记忆会从最近的开始消失。"

医生说道。

*

"请您让我女儿活下来吧。"

恩熙的生母哭着求我。

"好吧，这你不用担心。"

到现在为止，我一直信守这个约定。我非常厌恶说话不算话的人，所以一直努力不去成为那样的人。从现在开始这却成了问题。为了不要遗忘，我再次在这里记下来，不能让恩熙死掉。

*

　　我在上文化中心课程的时候，讲师拿徐廷柱[1]的诗来上课，那是题为"新妇"的诗。故事描述新婚之夜，新郎急着去上厕所，但他的衣服被门环钩住，他以为新娘已经等不及了，误以为她是淫荡之人，于是连夜逃走。四五十年后，他偶然经过那个地方，进门一看，新娘还是以新婚之夜的姿态坐着。他上前碰了碰她的肩膀，怎知新娘在那一瞬间变成了灰，散落一地。讲师和学生都大为赞叹，此诗实在是绝美的好诗。

　　只有我这么看这首诗：这是新郎在新婚之夜

---

[1] 徐廷柱（1915—2000），号未堂，韩国知名诗人。出生于全罗北道高敞，曾获得大韩民国文学奖、大韩民国艺术院奖等奖项，死后追授金冠文化勋章，被公认为20世纪韩国最优秀的诗人。—— 本书注释除特殊说明外均为译者注。

杀害新娘后逃走的故事。年轻男子、年轻女子以及尸体，解读怎会如此不同？

*

我的名字是金炳秀，今年七十岁了。

*

我不怕死亡，也无法阻止遗忘，但忘记了所有事情的我就不会是现在的我了，如果记不住现在的我，就算有来世，那又怎会是我？所以我无所谓。最近的我只在乎一件事情，那就是要阻止恩熙被杀害，在我所有的记忆消失之前。

此生的业障以及因缘。

我的家位于山脚下，距离马路略远，要稍微绕一下，所以上山的人不容易看见我家，下山的人则比较容易发现。因为上方有一座大庙，有些人误以为我家是小寺庙或寮舍。往下走大约一百米，零星的民家才开始出现。村里人称为杏树人家的那间屋里，曾经住过一对罹患阿尔茨海默病的夫妇，刚开始是丈夫罹病，没过多久，妻子也被"宣判"得了相同的病症。不知道别人看起来如何，老夫妇过得很好。如果在路上遇到，他们总会非常恭敬地合十问安。他们当时认为我是谁呢？他们的时钟刚开始回溯到20世纪90年代，后来又回到70年代——那个说错一句话就会被抓走受一番教训的时代，那个"紧急措施"[1]和米酒保安法的时代，所以夫妇俩遇到陌生人总是会心生警戒。对他们而言，村里所有人都是陌生人。他们经常觉得很奇怪，为什么有这么多陌生人不断出没在自己家的周边。最后，终是到了夫妇认不出彼此的阶段，儿子才出现，要将这对老夫妇送去疗养院。我偶然经过他们家门前，目睹了这番情景：夫妇跪着向儿子求饶，苦苦哀求说，我们绝对不是××党。他们大概认为，穿着西装出现，要把自己带走的儿子，是中央情报部的职员。那时已经认不出彼此的夫妇齐心求饶，儿子时而生气，时而哭泣，是村民帮着将老夫妇推进车里的。

这对老夫妇就是我的未来写照。

---

[1] "紧急措施"是朴正熙的第四共和国宪法（维新宪法）中的特别条文，常被用来镇压反抗当时政权的民众。

*

恩熙经常问我"为什么"。为什么那样？为什么记不住？为什么不努力？在她的眼里，我大概就是怪异的综合体。有时她似乎认为我是故意整她才这么做的。她说我是想看她会怎么对待我，故意连知道的也装作不知道，还说我过于泰然自若。

我知道恩熙将房门锁上，在房里啜泣。昨天我听到她跟朋友通话的内容，她说她快疯了。

"不是同一个人啊！"

恩熙对朋友说道。今天不一样，明天又不一样；不久之前不一样，刚才又不一样，等一下又不一样。她说，我说过的话还是会一再重复，有时候连刚才的事情都记不住；分明像是阿尔茨海默病，但有时看起来又与正常人一般。

"他不是我熟悉的爸爸，实在太累了。"

父亲是我的创世纪。父亲只要一喝酒,就毒打母亲和英淑。我用枕头压住他,让他窒息而死。在这个过程中,母亲压着父亲的身体,英淑抱住他的腿。英淑那时只有十三岁。米糠从枕头的侧面漏出来。英淑将米糠扫在一起,母亲则一脸茫然地将枕头缝好。那是我十六岁时发生的事情。朝鲜战争之后,死亡是很常见的事,没有人会关心死在自己家的男人,也没有巡警来调查。我们家人立刻在前院搭起棚架,接待前来吊唁的人。

我十五岁时就能背起大米袋。在我的故乡,男子只要到了能背米袋的年纪,即便是父亲也不能动手打他。母亲和妹妹则一直挨打,还曾经在严冬雪寒时,赤身裸体被赶出门去。将父亲杀死是最好的选择,我后悔的只是原本我自己可以做的事,却连累了母亲和妹妹。

在战争中活下来的父亲经常做噩梦，梦呓也很严重。在死去的那一瞬间，他大概还认为是在做噩梦吧。

*

"在所有写下来的文字中，我只珍爱用血写成的。用血写吧，你将体会到血就是精神。理解别人的血并非易事，我憎恶好读书的懒鬼。"

这是尼采《查拉图斯特拉如是说》里的话。

*

我杀人的行为从十六岁开始，一直持续到了

四十五岁。其间我经历了"四一九"[1]和"五一六"[2]事件。朴正熙宣布"十月维新"[3]，梦想终身独裁；朴正熙之妻陆英修中枪身亡；吉米·卡特访问韩国，要朴正熙放弃独裁，卡特自己却只穿着内裤慢跑[4]。后来朴正熙也遭暗杀；金大中在日

---

[1] 一九六〇年三月，韩国在第四任总统选举时发生做票舞弊事件，导致学生及民众发起一连串的抗议活动，最后推翻了李承晚独裁统治之下的韩国第一共和国。由于是在四月十九日发生最大规模的冲突和抗争，因此称之为四一九革命。

[2] 一九六一年五月十六日，韩国陆军朴正熙少将及金钟泌等人发动了武装军事政变，终结了短暂的第二共和国时期，并促成朴正熙的上台。

[3] 一九七二年十月十七日，时任大韩民国总统的朴正熙为谋求终身的独裁统治，对其自身政权发起的军事政变。通过此次政变，朴正熙建立起了韩国历史上完全军事独裁的第四共和国。——编注

[4] 一九七九年，五十五岁的卡特在马里兰州戴维营参加一个6.2英里的越野跑步比赛时，意外中暑晕厥，被紧急送往医院，让整个美国虚惊一场。——编注

本被绑架，历经九死一生活了下来；金泳三遭国会开除；戒严军包围了光州，开枪打死了民众。

但我想到的只有杀人，和这个世界进行只属于我一个人的战争。杀人、逃逸、躲藏；再次杀人、逃逸、躲藏。那时没有DNA（脱氧核糖核酸）检查，也没有电子监控系统，连"连环杀人"这个用词也十分少见。数十名行为可疑者和精神病患者被认定为犯罪嫌疑人，抓到警察局接受拷问，甚至还有人提供假口供。警察局彼此之间不合作，其他地区发生的案件都被视为毫无关联的案件。几千名警力只会拿着长竿翻找无辜的野山，那就是当年的搜查。

真是一个"好时代"。

*

我最后一次杀人是在四十五岁那年。掐指一

算，被枕头压住窒息而死的父亲死去的那年恰恰也是四十五岁，真是奇异的偶然。我把这个也写了下来。

*

我是恶魔，还是超人？抑或两者都是？

*

七十年的人生，回顾起来，心情就像站在张大嘴巴的黑色洞窟前面。想到即将到来的死亡，我并没有特别的感觉，但回顾过去，我的心里总会阴暗而茫然。我的心是一座沙漠，不曾生长任何东西，也没有所谓的湿气。我年幼时也曾努力试图理解他人，但对我来说，那是极为困难的课题。我一直躲避人们的视线，他们觉得我是谨慎而老实的人。

我曾经看着镜子练习表情,悲伤的、愉快的、担忧的、沮丧的。久而久之,我便习得了简单的要领:模仿我面前的人的表情。别人皱眉头的时候,我就皱眉头;别人笑的时候,我也笑。

以前的人相信镜子里有恶魔存在,他们在镜子里看见的恶魔,大概就是我。

*

我突然很想念妹妹。恩熙听我说这话,回答说她很久以前就死了。

"怎么死的?"

"患恶性贫血过世的。"

听她这么一说,好像是这样。

*

我以前是兽医。对一个杀手来说,那是很好的职业,因为我可以任意使用强力麻醉剂,其强度甚至可以让大象立刻跪下来。乡下的兽医经常出差,大城市的同行坐在医院里照顾宠物狗和小猫的时候,乡下的兽医到处走动,照顾牛、猪、鸡这些家畜,以前还偶尔有马。除了鸡以外,其余的动物都是哺乳类,和人类的身体结构没有太大不同。

*

我又在一个意想不到的地方清醒过来。那是我从来没去过的村子。听说为了制止我去别的地方,村里的青年聚集在铺子里,将我团团围住。我为了让他们心生畏惧,故意制造骚乱。警察用无线电联络之后，把我带上警车。我经常在失去记忆后，在某处彷徨的时候，遭村人包围，被警察抓走。

如此周而复始：人群聚集、包围，然后被警察抓走。

阿尔茨海默病对年老的连环杀人犯而言，简直是人生送来的烦人玩笑，不，是整人节目的偷拍摄像机：吓了一跳吧？对不起，我只是开玩笑而已。

*

我决定一天背一首诗。开始做以后，我才发现真不容易。

*

我真不懂最近的诗人写的诗，太难了。但这类句子还不错，我把它写下来。

"我的苦痛没有字幕，无法阅读。—— 金敬周，《悲情城市》"

同一首诗中的另一句：

"我走过的人生是谁也没有品尝过的蜜酒／我借时间之名而轻易酣醉。"

*

我去市区买菜。在恩熙工作的研究所前，有一个看起来很面熟的家伙正在徘徊。我完全想不起他究竟是谁。在回家的路上，看到迎面而来的吉普车，我才恍然大悟，就是那家伙。我把笔记本拿出来，确认了他的名字，朴柱泰。他已经来到恩熙的附近。

*

我又开始恢复运动，主要是锻炼上身。医生虽也说过运动对延缓阿尔茨海默病有所帮助，但我不是为了这个，我是因为恩熙。在一瞬间的对决中，左右生命的，正是上身的肌力。抓住，按着，然后扭转。对于哺乳动物来说，有呼吸器官的脖子是最大的弱点。如果氧气无法供给到脑部，在几分钟之内就会丧命，或者脑死。

*

在文化中心认识的人说我的诗很好，要刊登在自己发行的文艺杂志上。这已经是三十多年前的事了。我说可以。不久之后，他打电话来，说杂志已经出版了，询问要寄到哪里，还告诉我他的银行账号。我问他是不是要交钱购买，他说大家都这么做。我回答不喜欢这么做，他叫苦连天说杂志都已经印好了，现在才这么说，真是太为难他了。我觉得他把"为难"这个词的意思想的太简单了，所以产生了想要纠正他的强烈欲望。但当初引发这件事的，正是我自己庸俗的欲望，所以也不能只怪罪他。几天以后，两百本刊载我诗作的地方文艺杂志寄到我的家，还附上了一张祝贺我进入文坛的卡片。我只留下一本，其余的一百九十九本全都当作柴火烧了。火烧得很旺。用诗篇烧的炕真是温暖。

　　总之，从那以后，我就被称为诗人。写下没有人读的诗的心情，和不能对任何人说的杀人的心情，并无不同。

*

　　为了等待恩熙，我坐在门廊上眺望沉落在远山之后的夕阳。我原以为只剩骨架的冬季山川会被染成红色，没想到一下子就变得漆黑。我竟然会喜欢上这些东西，是不是意味着我已经快死了？现在我看到的这些东西，马上也会被我遗忘吧。

*

　　听说如果调查史前时代人类的遗骨，会发现一大半的死因是遭到杀害，有很多情况都是头盖骨被钻了洞，或者骨头被锐利的东西切断，很少有自然死亡的。阿尔茨海默病应该是不存在的，在那时候连活到这么久都是很困难的。我是属于史前时代的人，掉落在怪异的世界，因为在那里活得太久了，所以受到惩罚，得了阿尔茨海默病。

*

恩熙有一阵子被霸凌。没有妈妈，爸爸又这么老，所以孩子们孤立她，说没有妈妈陪着长大的话，会不知道怎样长成女人。女孩子都很鬼灵精，看出恩熙的不足之处而处处刁难她。有一天恩熙去找心理咨询老师，商谈她的单恋。她曾有过喜欢的男孩。可是第二天，恩熙喜欢男生的风言风语就传遍学校，别人骂她是破抹布。这些事情我都是从恩熙的日记里读到的，我实在不知所措。

连环杀人犯也有解决不了的事情——中学女生的霸凌。

不知道这个孩子是怎么从那里挣脱出来的。

现在她过得很好，那就行了。

*

最近我经常梦见父亲。他打开房门进去后，就坐在小桌子前读着什么。那是我的诗集。父亲嘴里塞着满满的米糠，看着我笑着。

*

如果没记错，我曾经结过两次婚。第一个女人生了儿子，某一天两个人都不见了。从她带着儿子逃走的情况判断，也许是看到了什么也未可知。如果我坚持要找她，也不怕找不到，但我想了想觉得还是算了，她也不是会向警察报案的人。我和第二个女人也登记结婚，一起住了五年，她说实在是无法再忍受我，要和我离婚。从她说的那些话来看，她根本就不知道我是何等人。我问她究竟我是在哪里做错了什么，她说我是个没有任何感情的人，她感觉像和一块冰冷的岩石住在一起，而且她已经有了外遇。

那些女人的表情仿佛难以解读的暗号，有时因为一点小事就大肆胡闹；哭起来令人厌烦，笑的时候又令人生气；高谈阔论起鸡毛蒜皮的事情时，真是无聊到令人难以忍受。我虽产生过把她杀掉的念头，但还是强忍住了，因为妻子死亡的话，丈夫永远都会成为第一个被怀疑的对象。至于和妻子有奸情的那个家伙，我在两年后找到他，把他杀死、分尸后，全部丢进猪圈里。那时的记忆力和现在不可同日而语，不该忘记的事情终究没有忘记。

*

受我们地区的连环杀人案件影响，最近犯罪专家经常上电视，一个不知道是犯罪心理分析师还是做什么工作的人曾经说过：

"连环杀人只要一开始就不会停止，杀手需要更强烈的刺激，于是会执拗地寻找下一个牺牲者。因为成瘾性极强，即便入狱也还是只会思考这个问题。如果感觉到再也不能杀人的绝望感时，他们也许会企图自杀，可知这种冲动的强烈。"

在我眼里，世上的所有专家，只有在说到我不了解的领域时才是专家。

*

最近恩熙越来越晚回家。我不记得是什么时候听她说的了，最近她的研究所正在研究如何将热带水果或蔬菜进行改良,以适合我国土壤。他们在温室里培养木瓜或杧果。每个村子里都有很多从菲律宾嫁到我国的女人,她们因为太想念木瓜等水果,所以听说有一些菲律宾女人到研究所一起查看作物,也把果实摘走。

曾经无法和别人友好相处的恩熙,如今全心照顾着安静生长的植物。

"植物也会彼此传递信号,身处危险的情况时,会分泌出特定的化学物质,借以警告其他植物。"

"还蛮厉害的。"

"它们虽然是微小的东西,但都可以生存下去。"

*

隔壁养的狗经常在我们家进进出出,有时会在院子里大小便,只要一看到我就开始狂吠。这里是我家啊，你这只狗崽子。

拿石头丢它，它也不会逃走，只是在周围团团转。下班回来的恩熙说，这只狗是我们家的。骗人。恩熙为什么要骗我？

*

我在三十年间持续杀人。那段时间我真的在很努力地活着。追诉期已经过去，我也可以出去大肆张扬。如果在美国，我都可以出版回忆录了。人们一定会咒骂我。要骂就骂吧，我还能活多久？现在想想，我也是个狠角色，这么长时间都在杀人，说停止就停止。如果问我是什么感觉，这个嘛，就好像是把船卖掉的船夫或者退伍的佣兵一样。在朝鲜战争或越战期间，一定有人比我杀了更多人，他们晚上都会睡不好觉吗？不会吧？罪恶感在本质上就是一种很脆弱的感情，恐惧、愤怒和嫉妒等则相对强烈，在恐惧和愤怒中是不会有睡意的。每当看到电影或连续剧里出现因为罪恶感晚上睡不着的角色时，我都会失笑。连人生是什么都不知道的编剧，在那瞎搞什么名堂呢！

停止杀人后，我打起了保龄球。保龄球圆滑、坚硬、沉重，摸起来感觉很好。我一个人从早晨打到晚上，直到双腿发软、无法走路为止。老板把我的球道以外的灯都关掉，就是最后一局的信号。保龄球会让人上瘾，每次都会期待下一局能打得更好，刚才错失的 spare[1] 应该可以弥补回来，分数似乎也会越来越高，但最终还是停留在平均值。

---

[1] 指第一次掷球后球瓶并未全倒，第二次掷球才将球瓶全数击倒。

整整一面墙都贴满了便条纸。各色便条纸不知从何而来,在家里很常见,也许是恩熙认为对我的记忆力有帮助而买回来的。这种便条纸有固定的名称,我却记不得了。北边的一整面墙壁都贴满了便条纸,现在西边的墙壁也贴了厚厚一层。可是没有什么用。因为大部分都是不知其意义,以及不知道为什么而贴的。"一定要对恩熙说的话"就是此类。我想说什么呢?每一张便条纸都像宇宙的星星一样,离我好远。它们之间看起来没有任何关联。便条纸墙上,还贴有医生说的话:

"您试着想一下装载货物的火车不知道铁轨已经中断,仍然继续行驶的情况。最后会怎样呢?火车和货物在铁轨中断处会一直堆积,对吧?到最后会乱成一团吧?老伯,这就是您的脑子里正在发生的事。"

我想起在新诗课程中认识的老女人。她悄悄告诉我,自己过去的恋爱经验非常丰富(她非常强调这个部分)。她不后悔,因为老了以后都会成为回忆。无聊的时候,她会回想每个一起睡过的男人。

我最近就像那个老女人一样活着,回忆着每一个死在我手里的人。现在想来,还有那样的电影呢。杀人回忆。

*

我相信僵尸真的存在。现在看不到,并不意味着不存在。我常看僵尸电影,也曾经把斧头放在房间里。恩熙问我为什么要这么做,我说是僵尸的缘故。对尸体来说,斧头是最适合的工具。

*

被杀是最糟糕的,绝对不能遭遇这等事。

*

我在枕头旁边的针线盒里藏了针筒,也准备了达到致死量的戊巴比妥钠,那是让牛、猪安乐死时使用的药物。我想等到墙壁都贴满便条纸时再使用,太晚是不行的。

*

我害怕。坦白地说,我有点害怕。
读佛经吧!

*

　　我的头脑非常复杂。失去了记忆，心灵的停驻之处也于焉消失。

*

　　诗人弗朗西斯·汤普森曾说过这样的话："我们所有人都在他人的痛苦中诞生，在自己的苦痛中死亡。"生下我的母亲，您的儿子即将死去。脑部被钻了好多洞。我是不是得了人类疯牛病？会不会是医院瞒着我？

*

　　我和恩熙久违地去了趟市区的中餐厅。我们点了浇上柠檬酱料的炸鸡和熘三丝，但我吃不出来那究竟是什么味道。是不是连味觉都消失了？我虽问了恩熙在研究所的工作情况，但她总是不置可否地敷衍过去。恩熙好像用一种这个世界上所有事情都不会影响到她的态度说话、行动。她好像在说：是啊，我人是在那里，而且那里也是人类居住的地方。每天都会有一些事情发生，但那跟我一点关系都没有，也不会对我有任何影响。

恩熙和我之间没什么可聊的话题。我不了解恩熙的生活，恩熙也不知道我究竟是谁。但是最近我们发现了一个共同话题：我的阿尔茨海默病。恩熙非常害怕，因为害怕，所以经常把这个话题挂在嘴边。如果我的症状越来越严重，却也不得不活下去，那她也许得辞掉工作专心照顾我。怎么会有年轻女子想在孤立的偏远村落，照顾罹患阿尔茨海默病的父亲？阿尔茨海默病是退行性的病症，不可能好转，所以快点死掉对大家都好。而且,恩熙呀,我如果死掉,还会有一件好事。我如果死去,你就会成为我的保险受益人,虽然你应该还不知道。

这要追溯到十多年前。保险业务员接到我的电话,到家里来,她对极高的保险金额感到惊讶。这个看起来像是四十岁过半的女人似乎没什么经验,一定是照顾孩子很久,每天只做家务,很晚才踏进保险业的。

"受益人都要写女儿吗?"

"我没有其他家人。以前有一个妹妹,很早就死了。"

"虽然得为女儿着想,但也应该为您本人的老年生活做准备啊!"

"我的老年生活已经准备好了。"

"最近平均寿命比以前长太多了,您应该为'活太久的风险'做准备。"

"活太久的风险"?最近的人创造了太多有

趣的话语。我一句话也没说，只是紧盯着保险业务员的面孔。我完全了解降低"活太久的风险"的方法。不知是不是从我的眼中察觉到某种威胁的征兆，女人略微颤抖了一下。

"那，就按照您希望的做吧。即便如此，还是得有所准备啊。"

女人麻利地摊开要我签字的文件。我签了又签。我死了以后，保险公司必须付给恩熙巨额的保险金。可是如果恩熙比我死得早呢？一想到恩熙被谁抓去杀害，我就觉得很痛苦，因为我比谁都清楚那意味着什么。

*

我活到现在，从来没有对谁破口大骂过。我不喝酒、不抽烟，也不骂人，所以常有人问我是不是信奉耶稣。有些傻瓜一辈子就只会把人归类在几个框架里。这样虽然很方便，但也很危险。他们永远搞不懂像我这类无法归入他们那个不严谨框架里的人。

*

早上，我睁开眼睛，见是一个陌生的地方。我快速起身，只穿上一条裤子就冲到外面去。我没见过的狗朝我狂吠。我慌忙地想找鞋子，却看见从厨房走出来的恩熙。原来这里是我家。

还好，恩熙还在我的记忆当中。

*

大概是五年前的事吧。我和村里的老人去日本温泉旅行，关西国际机场入境审查柜台的职员问我：

"What do you do?"

我也不知道是哪根筋不对,回答他:"killing people."职员瞄了一眼我的脸,问我:"你是医生吗?"他可能是把"killing"误听成了"healing",我不置可否地点点头,因为兽医也是医生[1]。他说欢迎来日本,在我的护照上盖下了入境章。

healing?见鬼去吧。

*

可以没有痛苦地死去,那是我唯一的安慰。我在死去之前会变成傻瓜,连我自己是谁都不知道。

---

[1] killing 指杀人,healing 指治愈(救人),二者发音相似,因此此处职员误把"我"当成了救死扶伤的医生。——编注

村里有人只要喝了酒，就会把酒席上发生的事情全部忘记。死亡也许是一杯为了遗忘生命这场无聊酒席的毒酒。

我看到恩熙发给朋友的短信。
"我好像快疯了，每天都好辛苦。"
朋友发来不知是安慰她还是挖苦她的短信。
"你爸爸真是生了个孝女啊。你真是太伟大了。"
"以后不知道会怎样，这点更可怕。听说得了阿尔茨海默病的话，连性格都会改变，好像已经开始变了。"
"送他去养老院吧！你不是说他不是你的亲生父亲吗？那为什么你要承担这一切？"
朋友持续发来短信，说不要有罪恶感，反正他也记不得。恩熙这样回答：

"有人说即使是痴呆患者也是有感情的。"

还有感情。还有感情。还有感情。我一整天再三咀嚼这句话。

*

我的一生好像可以分成三个阶段,杀死父亲之前的幼年、身为杀手的青年期和壮年期、不再杀人的安稳生活。恩熙是象征我人生第三个阶段的……嗯,应该怎么形容好呢?就像是护身符一样的东西吧。如果早上一睁眼就能看到恩熙的话,我就不会回到找寻牺牲者的那段不堪的过去。

我看电视,说在泰国一个动物园里,有一头母狮子因为失去孩子而得了抑郁症,不吃东西,也不运动。饲养员看不下去,于是把一头小猪放进狮子笼里,母狮子以为小猪是自己的孩子,给它喂奶,把它养大。我和恩熙的关系不就是如此?

*

　　我没有任何食欲，只要一吃东西就吐。虽然想吃东西，但不知道想吃什么。我不想做任何事情。我很想尝试毕生没碰过的酒和烟，但我似乎不会去尝试的。

*

　　"我有在交往的人。"恩熙说道。

　　在我的记忆当中 —— 当然现在那些记忆也变得难以确信 —— 这是恩熙第一次提到男人的事情。我突然醒悟到我完全没有做好接受恩熙的男人的准备。我从来没有想象过恩熙和男人一起生活的样子，现在也无法想象。我该不是想要永远和她一起生活吧？

　　恩熙还是中学生时，有几个男孩子在家附近

游荡。他们很年轻，而当时的我年纪已经很大了，但没有一个家伙在看到我之后不逃走的。我也没有骂他们或吓他们。我只是安静地说了几句话，不知怎么回事，所有人都好像被吓破胆似的逃之夭夭。而无论是多凶恶的狗，只要一来到动物医院，就立刻夹着尾巴哼哼唧唧地叫着，让主人大为吃惊。十多岁的男孩跟狗并无差别，第一次见面时对上的眼神，就决定了彼此的关系。

"所以呢？"

"我想带他来。"

恩熙的两颊涨得绯红。

"带他来家里？"

"是的。"

"带来干吗？"

"给爸爸看啊！"

"我为什么要看？"

"他向我求婚。"

"随便你吧!"

"不要这样啦!"

"人到最后都会孑然一身。"

"那既然最后都会死,为什么还要活着呢?"

恩熙低声的话语里隐含着淡淡的愤怒。

"你说得也没错。"

"那我不结婚,一辈子守在你身边,你会高兴吗?"

这是我希望的吗?我不确定。因为不知道,所以我想避开这个话题。

"反正我不想见他。你要结婚的话,自己去结!"

"以后再说吧!"

恩熙起身离开房间。不知为什么,我觉得很丢脸,也很生气,但我不知道理由。我因为肚子饿了,所以煮面条来吃,吃到一半,觉得味道怪怪的。后来才发现我没有放酱油,但无论怎么找也找不到酱油,好像得买一瓶新的。我死了以后，会不会在家里某处惊现几十个酱油瓶子？

我洗碗时又再次受挫。吃剩的面条整碗放在洗碗槽里。今天光面条就吃了两大碗。

*

"我的朋友，我以我的名誉起誓！"查拉图斯特拉答道，"你说的一切都不存在。没有恶魔，没有地狱。你的灵魂会比你的肉身更快死亡，所以不需再畏惧。"

这仿佛是尼采写给我的文章。

*

杀手活得太久的坏处之一：没有可以敞开心扉交往的朋友，但是别人有这样的朋友吗？

*

雷电交加，竹林嘈杂不已。我整夜无法成眠。顺着屋檐流下来的雨水声让我觉得刺耳，曾经我非常喜欢那个声音。

*

恩熙把"正在交往的人"带来家里，这种事情还是第一次。所以此刻的恩熙是非常认真的。我必须接受这点。啊！我的手心直冒冷汗。

男人开来的车是四轮驱动的吉普车，一眼就能看出是打猎用的，不但车顶装了探照灯，保险杠上还挂着三个雾灯。这种车的后车厢都改造成能够用水刷洗的，干电池也多装了两个。只要到了打猎季节，这些家伙就会聚集到村庄的后山。恩熙大概是选择了猎人作为未来的丈夫。

"您好，我叫朴柱泰。"

男人向我行大礼，我也欠身还礼。朴柱泰的个头偏矮，只有一米七出头，但脸白皙，体格魁梧。仔细一看，他的额头窄、眼睛小，下巴很尖，是典型的鼠相。不知道是不是为了遮掩这种鼠相，他戴着牛角框眼镜，看上去有点眼熟，又好像没见过。最近连我都不能相信自己的记忆力，也无法跟他说什么。他行完大礼之后跪坐，恩熙也进来坐在我和他中间。

"坐下来吧，不要太拘束。"

"没关系。"

他的话音刚落，我立刻说：

"我得了老年痴呆。阿尔茨海默病。"

恩熙猛然抬起头来，看着我的脸。那是隐含着抗议的眼神。

"听恩熙说过吗？"

"听说了。"

"我如果忘记了也不要介意,医生说会从最近的记忆开始消失。"

"听说最近的药很有效。"

"如果真是那样就好了。"

恩熙拿来了削好的梨和苹果。他边吃水果,边自然地做自我介绍。

"我从事不动产方面的工作。"

"不动产?"

"购买土地后,再分成一块一块卖掉。"

"那你为了看地皮,一定去了很多地方吧?"

"是必须跑得勤快一点。土地跟女人一样,只听别人说是不行的。"

"我们以前有没有见过?"

"没有,今天是第一次见面。"

他微微一笑,抬头看着我。

"也有可能在哪里见过,他最近常跑这附近。"

恩熙插嘴道。

"这地方很小。"

他也附和道。

"原本不是这里的人吧?"

他的口音还留有些微南部地方的腔调,他点点头承认,却说出了我预料之外的回答。

"是的。在首尔出生、长大的。"

"和恩熙结婚以后,会搬去首尔吗?"

他迅速地瞥了眼恩熙和我的脸色,说不会。

"恩熙哪儿也不去。您就在这里,我们能去哪儿呢?"

"我们会搬到市区去住的。"

恩熙默默地伸出手去触碰他的手,但他并没有握住恩熙的手,反而好像受到威胁的蜗牛一样,缩回手指握成拳。恩熙不好意思地收回手,这虽是在转眼之间发生的事,却一直让我有些介意。

他一起身,恩熙也跟在后面。她很熟练地坐上打猎用吉普车的副驾驶座,看样子已经坐过不止一两次了。恩熙摇下车窗，说有点事要去市区，说完又摇上车窗。

我关上大门，进到家里以后，在记忆消失之前，记录下与朴柱泰的第一次见面。心里很奇怪，明明是初次见面，我为何却如此讨厌他？我从那家伙身上看到了什么？那究竟是什么？

*

暖气费太高了，所有东西的价格都涨得太多。

*

我翻看笔记本，吓了一大跳。那家伙就是他，怎么可能会发生这种事情？我好像中了邪。他竟然泰然自若地走进我家，而且还是以恩熙未婚夫的身份。即便如此，我竟然完全没认出他来。他会不会觉得我在演戏？还是以为我真的已经完全忘记他了？

*

书读到一半，从书页中掉出一张便条纸。应该是很久以前抄下来的吧？纸张都已泛黄。

"凝视深渊过久，深渊将回以凝视。——尼采"

*

"你是怎么认识朴柱泰的？"

早饭吃到一半，我问恩熙。

"偶然，真的是偶然。"

恩熙说道。不相信人们挂在嘴边的"偶然"，就是智慧的开端。

*

杀人，有时候是最愉快的解决方法，但不是任何时候都是。

*

对了，朴柱泰给我的电话号码。那个家伙自己写的那张纸，我把它放到哪里去了？

我找了一天也找不到写着电话号码的那张便条纸，找遍了家里上上下下，就是找不到。找东西越来越困难，会不会是恩熙偷偷丢掉了？

*

"您鞋子穿反了。"

村里杂货店那女人看着我笑。我花了好一会

儿去理解这句话的意思。鞋子穿反了是什么意思？是比喻吗？

*

恩熙出门上班后，我在她桌上发现了养老院的广告单。

"灵魂与身体的安息处。"

"酒店级设施。"

广告文案非常华丽且具有诱惑力。我的灵魂和肉身真的可以在那里面获得安息吗？我将宣传单折好，放回原来的位置。恩熙正在编织美梦，和心爱的男人结婚，共组甜蜜的家庭……将像块绊脚石的我送到养老院……

这是恩熙的想法，还是朴柱泰的诡计？

我在恩熙的手机里找到朴柱泰的电话号码。我去市区买东西,顺便拜托店员帮忙。人老了有个好处,就是一般都不会引起怀疑。店员假装成快递员,打电话给朴柱泰。

"快递单上的地址太模糊了。"

朴柱泰乖乖说出了地址,店员将抄好的地址交给我。

"发生什么事了?"

帮完忙的店员笑眯眯地问道。

"我孙女离家出走了。"

店员笑了。他为什么笑呢?是因为完全了解了事况,还是在嘲笑?

我跟踪了朴柱泰。他一天大部分时间都在家里,下午晚些时候才开着自己的打猎用吉普车外出。他几乎不去酒吧这些地方。偶尔他会站在别人的田地或果园入口,环视周边,虽然看起来像是察看土地的房地产中介,但他几乎不与人来往。他有时晚上出门,好像漫无目的地在道路上疾驶。我有强烈的预感,也许他的猎物根本不是野兽。如果这个预感正确,那么这是神丢给我的高级玩笑,还是审判?

*

我很认真地考虑向警方检举朴柱泰。法院给的那叫什么来着?对了,搜查令。要有那东西才能搜索那家伙的车和住处。如果搜索后找不到决定性的证据,他就会被放出来,那么那家伙就会怀疑我 —— 他早已对我有所防备,而且在我周边持续徘徊 —— 如果他真的是犯人,一定会把我或恩熙当作下一个攻击的目标。那家伙的眼睛正盯着我们。住在山脚下独栋平房的七十岁痴呆老人和二十多岁柔弱女子,看起来多么好欺负。

*

我让恩熙坐下,告诉她朴柱泰的事情:我撞到他的打猎用吉普车时,从后车厢看到了什么;滴下来的血又是多么鲜红、明亮;他是如何在我周边徘徊的;如果这样的人"偶然"出现在你身边,那这个偶然意味着什么;你现在身处多大的危险之中。

恩熙耐着性子听完,说道:

"爸爸,我完全听不懂您在说什么。"

我再次试图说明，可是恩熙的反应都一样。我的话语太没有条理，所以她听不懂。我的心情就好像刚学英语的人在美国人面前说话一样。我尽最大努力说明，对方也尽全力听，但彼此完全无法沟通。恩熙只是接受了我十分讨厌那个男人的事实。恩熙啊，我不是讨厌他，而是在警告你他非常危险，你正在和非常危险的男人交往，而且你认识那个男人绝对不是偶然。

我们的对话最终宣告失败。恩熙的耐性到达顶点，心急的我越发口齿不清。语言总是比行动缓慢、不确实，而且暧昧模糊，现在到了需要行动的时候。

从恩熙的房间里传出压抑的抽泣声。

*

我到了市区，慎重地选择了没有监控的地

方，用公用电话打112[1]，向警察局报案。我用衣服遮住话筒，改变声音。我说开打猎用吉普车的朴柱泰八成是连环杀人案的凶手。值班的人刚开始并不太理解我说的话。

我尽可能慢慢地、清楚地描述朴柱泰的吉普车。这次值班的人虽然似乎是听懂了，但好像不太相信我说的话。112的值班警察询问我的身份。我说因为担心自身安全，所以不能表明身份。他又问我为什么认为他是凶手，我回答道：

"你们去调查他的车，我在他车上看到了血迹。"

*

我明明是准备进房间做点什么，却完全想不

---

[1] 112，韩国报警电话。

起来，傻傻地在房间里站了好久。操纵我的神好像放掉了操纵杆。我不知道自己要做什么，发了好一会儿呆。如果抓到朴柱泰，却发生这样的情况，我该怎么办？

*

我在电视上看到，一个连环杀人案件的犯罪嫌疑人自愿接受调查，但因为没有可疑之处，立即被释放了。警察为什么释放了朴柱泰？真的什么都没找到吗？都已经改朝换代了，他们依旧这么无能。

我应该直接跟他交手吗？除此之外，没有别的办法吗？

我生平第一次为了需要杀人而开始思考。毕生收集音响的男人,因为公司的指示,到处寻找、购买活动用扩音器,大概就是这种心情吧?

*

我已经决定好我人生中要做的最后一件事。那就是杀了朴柱泰,在我忘记他是谁之前。

*

我曾听说过有人被雷击中,活过来之后,突然变成音乐天才的故事。这个美国人开始弹起没学过的钢琴,疯狂地作曲,指挥交响乐团。可是我因为交通事故,脑部受伤以后,失去了杀人的兴趣，成了平凡人。如此活了二十多年之后，开始筹划非冲动性的、出于需要的杀人。神在命令我，弱化我犯下的那些罪行的神圣感。

*

医生曾对我说，阿尔茨海默病患者在同时做几件事情时会遭遇困难。如果将茶壶放在煤气炉上，然后去做别的事情，十之八九会把茶壶烧坏。即便是一边洗衣服一边洗碗这样的简单事情，也会有困难。他说女人失忆后首先会无法做菜。真令人意外，做菜反而是需要有计划性地同时操手几件事情的工作。

"把一切简单化是最好的，而且必须养成一次只做一件事情的习惯。"

我决定接受医生的劝告，眼下应该调动我剩余的所有能力。这家伙不容小觑，年轻、健壮，而且还用枪武装自己。他还能在短时间内诱惑恩熙，得到结婚的承诺，可见口才也好。他接近恩熙的目的应该有两个，一是想观察我，二是想杀掉恩熙。当然，如果需要的话，会连我也收拾掉。他已经知道我得了阿尔茨海默病，如果他判断没有必要杀掉我的话，绝不会勉强行动。比起我，他垂涎的对象应该是恩熙。在此之前，一定要先除掉他。我根据媒体报道分析，他的手法应该是绑架年轻女性，经过长时间拷打之后再杀掉。

　　时隔二十五年，我再次回到了我最擅长的领域，可惜我已经太老了。如果说有比二十五年前更好的事，那就是这次我不需要确保有安全退路。狩猎的全部过程可以说包含了跟踪、捕获等，但相反地，比起捕获目标物，杀人更优先要考虑的是能否安全脱身。顺利捕获固然重要，但绝对不能被逮捕。可这次不一样，我要将所有力气用在杀死这家伙上，因此这次不是杀人，而是狩猎。

想要狩猎，第一步是找出猎物出没的路径；第二步是找出致死点，然后埋伏；第三步则是绝不错过仅有一次的机会，一举将他击毙。如果失败，则要再回到第一步，再次重复。

*

从我决定收拾掉朴柱泰后，食欲突然又回来了，晚上睡得好，心情也奇佳。我逐渐开始搞不清这事情到底是为了恩熙做的，还是因为我自己喜欢。

*

朴柱泰好像住在两层洋房的一楼和地下室，

经过旁边狭小的田地后,可以看到曾经用作牛舍的建筑物。吉普车的车头伸进牛舍里,车尾则在牛舍外部。如果不推开门进入院子,想要查看屋子里的动静是很困难的。胡枝子树篱笆排列得很巧妙,几乎完美遮挡住周遭的视线。这种房子也许能够维持个人的隐私,但很难防范外部入侵。因为只要能够进去,不管在里面做什么,外面都无法得知,所以朴柱泰完全不会担心外部的敌人。我的房子我自己就可以守护,唯一需要担心的就是周边的视线——房子安静地呈现着屋主的这种想法。

　　二楼有一个老太婆独自居住,看起来已经七十好几了。她和朴柱泰是什么关系?是朴柱泰的房东,还是有血缘关系?反正那个驼背、行动不便的老太婆应该不会成为妨碍。

　　累了,今天就写到这里。

恩熙正准备上班。我发现她的脖子泛红。那是用手勒脖子时会出现的痕迹。我问恩熙脖子怎么了,她条件反射地缩起脖子,就好像要把脖子变没似的。我质问她,是不是朴柱泰那家伙干的?

"不要随便叫人家这家伙、那家伙的。"

"那脖子怎么会这样?"

恩熙说我进屋勒了她的脖子。我无法相信,也无法不相信她的话。关于我所做的一切事情都是如此。

"怎么会这样呢?爸爸不是那种人啊!好像疯了一样,我差点被勒死了!"

"骗人,你在骗人。"

"我为什么要骗人?爸,拜托您接受现实吧!您得了阿尔茨海默病了!"

恩熙口中的"阿尔茨海默病"几个字，好像挥舞着的锤子，重重地朝我头上敲下来。我浑身无力。那仿佛模糊的梦境，我一点也不记得，我茫然无措。如果我真的那么做了，恩熙能够活下来算是奇迹。我的臂力可是很强的。我向恩熙道歉，而且告诉她以后睡觉时一定要锁门。恩熙擤完鼻涕、擦干眼泪后，用一种决绝的表情从抽屉里拿出以前我见过的养老院宣传单。我背过脸去不理睬她，但是恩熙没把手缩回去。

"爸，我太累了，而且为了爸爸着想，您也应该去那里。我不在的时候，如果发生什么事怎么办？"

我能理解，谁会希望睡到一半被勒死？

"知道了，我会看的。"

按照国家的法律，恩熙可以在任何时候不经我的同意将我扔进精神病院。只要打一通电话，救护车就会来，健壮的男人会帮我穿上约束衣，带我去隔离病房。就是这样。没有家人的同意，患者永远不可能看到外面的世界。我还见过对遗产继承不满的家人，联手将喝醉的家长关进精神病院里，然后展开协商的情况。我已经被判定为罹患阿尔茨海默病，恩熙只要下定决心，就可以随意处置我，即便是今天。

比起精神病院，养老院好多了。但我现在还不想去任何地方。自由的时间已经所剩无几。

"跟我去看看吧？他们说只参观也是可以的。"

恩熙抓着我的手，恳切地劝说道。我说我会去的。恩熙去上班以后，我才想起，她的母亲就是被我勒死的。

*

我买了学习外语用的录音机，像项链一样挂在脖子上。想做什么事情的时候，不管是多简单的事，我都会先录音，再做那件事情。如果做到一半忘记了，就按下播放键，重听刚才录音的内容，之后不断重复。

说完"去厕所小便"后去厕所，说完"烧开水喝咖啡"后烧开水，就好像几分钟前的我对几分钟后的我下命令一样。名为"我"的这个人如此不断被割裂。想不起任何事情时，只要看到挂在脖子上的录音机，就会条件反射地按下按键。虽然还不是非常迫切的需要，但我要在病情恶化之前做好准备。一定要经过无数次的反复练习，让身体完全记住。

*

我再次试图找恩熙谈。她听着我的话只是默默流泪。她为什么哭呢？我只是在向她示警而已啊！为什么她会这么伤心？我只是为她担心而已啊！我完全无法理解那么复杂的情感，那是悲伤吗？还是愤怒？抑或哀痛？我无法得知。恩熙用泪眼哀求，说不要再把朴柱泰说成坏人了，听着太痛苦了。她说他是善良的男人。把要跟她结婚的男人说成连环杀人犯，是不是太过分了？也没有证据，怎么可以那样怀疑一个人？反正我已经将我的意思传达给恩熙，那就够了。至少我已经在她心里成功种下对那家伙的怀疑。击溃常胜将军奥赛罗的，正是埃古浇灌的些微疑心。

"您又不是我亲生的父亲！"

恩熙丢下这话后，跑出房间。虽然她说得没错，我却感到极大的侮辱。

*

我在家里躺着时，有人进来院子里。那是五个穿着制服的年轻人。刚开始我以为他们是警察。

"您好！"

三个男人和两个女人。我问他们是谁，他们回答是警察大学的学生。

"有什么事？"

他们说在开展分组活动，要挑选延宕许久的未破案件进行调查。他们让我看几张新闻报道的影印本，都是我犯下的案件。真是太神奇了。对于几十年前的事情的记忆，反而鲜明到令我十分讶异。

"我们认为这些事件实际上是连环杀人，虽然当时没有这样的认知。"

那些年轻的警察干部预备生兴奋地吵吵闹闹，女生非常漂亮，男生也身材修长，面容俊秀，在说到连环杀人的案件时，还不时地发出咯咯的清脆笑声。我说你们呀，FBI（美国联邦调查局）的游戏好像很好玩的样子啊？

"我真是搞不懂你们在说什么？你们为什么进我家来胡闹？"

在他们回答之前,一名新的人物登场了,仿佛一幕戏剧场景似的。那是个看起来有五十多岁的男人。警察大学的学生都站起来向他敬礼。

"好了,坐吧!"

全新登场的人物是安刑警。他把名片递给我,向我问好,说不能只让警察大学的学生前来,所以只好自己也同行。他虽然看似无心地坐得远远的,但还是难脱职业上的习惯,用余光扫着屋子里的每一个角落。

"你们继续说。"

安刑警一说完,警察大学学生们以更加激动的表情转向我。

"我们将各个案件的现场用直线连接起来,您看。"

学生们画在地图上的直线形成了八角形,那个八角形的中心就是我住的村子。脸蛋小巧、鼻子高挺的女学生目光闪烁,贴近地图。

"如果这个地区有犯人出没……"

那是我们的村子。

"……我们推断会是在这里。当然,不太可能现在还住在这里啦。"

你们的结论太草率了。原本好像坐着打瞌睡的安刑警也不自觉地猛然抬起头来,瞪着学生。

"我们村子啊。"

"您一直住在这个村子里,所以想请问您,当时有没有见过行为怪异的人?"

"当时有很多间谍,这里离北边很近,他们常常跑过来。常常在一起玩的朋友如果几天见不到人,我们通常会说'可能是叔叔来了',从北边来的叔叔。大家平常虽然都不说,但早就有所察觉。那时还有很多来登山的外地人被认为是间谍而被抓走。"

"我们不是在找间谍。"

个子最高的男学生忍不住插话,我挥手制

止他。

"我是说,当时如果有奇怪的人,早就被当成间谍抓走好几次了。去通报说有间谍的话,还能领不少奖金呢!"

"啊,您是说犯人有可能是被当成间谍逮捕,然后释放出来的人?可是那要怎么找呢?"

高个儿男学生向朋友问道。

"派出所会不会留有那些记录?"

"没有。"

坐在远处的安刑警斩钉截铁地说道。

"没有吗?"

长着一张瓜子脸的女学生向安刑警追问,带着些微责难的脸色。充满自信的年轻警察大学学生,看了类似美国连续剧 CSI[1] 系列之后,梦想

---

[1] CSI 即《犯罪现场调查》。

成为警察。这些孩子自然不会把乡下警察局的刑警放在眼里。可是如果是你们，那时的你们如果是这个地区的警察，真的能抓得到我吗？如果你们翻看记录的话，一定会很寒心的，首次的现场调查马马虎虎，共同合作也毫无效果，好不容易抓到的嫌犯都无罪释放了。其中有几个人在审问中遭到拷打，在民主化以后对政府提起诉讼，并且得到了补偿。

安刑警说道：

"你们知道20世纪80年代是什么时代吗？那是江原道的警察也要戴上头盔，站在首尔的大学正门口，被火焰瓶攻击的时代啊！谁会关心乡下死了几个人呢？"

安刑警起身到院子里抽烟，警察大学的学生也跟着起身。在他们穿鞋时，一个男学生向我悄声说道：

"我听说安刑警负责那些案件中的几件，直

到现在，好像每个周末都还在到处调查，说要抓杀人犯，公诉时效都已经过了。那些案子他可能到现在还耿耿于怀吧！"

站在院子里的一个女学生接话道：

"要小心乡下人，因为他们比看起来的要固执。"

年轻人不知道自己在说什么，所以我很喜欢他们。

抽着烟的安刑警好像突然想起什么似的，又往门廊这边走过来。

"您没有家人吗？"

"有一个女儿。"

"啊……"

长久独居的男人。他是在寻找独狼吧？在警察大学学生们走到外面参观村子期间，安刑警没随同他们一起，而是一屁股坐在了门廊上。

"我虽然没资格在您面前说这话，但年纪越

来越大,身体各个部分都开始出故障了。"

他捶了捶膝盖。如果有人看到,可能会认为我和安刑警是认识已久的村里朋友。

"哪里不舒服?"

"糖尿、关节炎、血压,没一个地方没毛病的,这都是该死的埋伏任务引起的,真令人厌烦。"

"该去舒服的地方好好休息了。"

"进坟墓以后就可以好好休息了。"

"谁说不是呢。坟墓里最舒服了。"

一阵沉默。

"每个人都有一两件那样的事吧?在死之前一定要完成的事。"

安刑警说道。

"怎么会没有呢?我也有一件。"

我附和着他说。

"那是什么呢?"

"反正我有就是了。刚才听学生说,你还为

了抓那家伙东奔西走。就算抓到他，又有什么意义呢？你也没办法把他关起来。"

"我也不知道自己究竟为什么还为了那件事到处打转。最近更严重。我一定要提醒那家伙，有人没有忘记他，四处搜寻想要抓他，让他没法好好睡觉。"

安刑警，你也是知道的吧？杀人是什么？血淋淋的现场是何等模样？杀人，那种不可逆转的行为力量，拥有将我们深深卷进去的魔力。但是，安刑警，我无论何时都睡得很好。

"总之，你也要留意自己的健康。你看我，最近总是忘东忘西。"

"以您的年纪来说，您还是很硬朗的。"

"你知道我的年纪？"

我感觉到他突然局促不安。我佯装不知，换了另一个话题。

"医生说，我的脑部正在萎缩，以后就会像

干瘪的核桃一样吧？"

安刑警没回任何话。

"说不定我明天就会忘记你来过这里的事。"

*

警察大学学生离开之后，我还是兴奋不已。我真想让他们坐下，听我高谈阔论。从第一次杀人到最后一次杀人为止，直到现在，所有案件我都记得极其清楚。他们一定会用闪亮而好奇的眼光听我说话吧？你们见过的那些记录都没有主语吧？只是充满宾语和谓语的不完整记录。那里面用"不详"替代了那个名字。我就是那个名字、那个主语。我真想如此大声宣扬，但好不容易才忍住，因为我还剩下一件要做的事。

*

我去了市里回来，发现那段时间有人来过我家。虽然手法极为谨慎，但家里分明有被四处翻找过的痕迹，况且有几样东西我怎么找也找不到，很明显是被拿走了。会是小偷吗？家里从没有遭过小偷。

晚上我对下班回来的恩熙说家里遭小偷了。恩熙用十分难堪的表情看着我说，没有那回事。她问我什么东西不见了，我却想不起来，但可以确定的是，有东西不见了。我能感觉到，但无法说出口来。

"大家都说如果得了阿尔茨海默病，媳妇、护士都会被说成小偷。"

是啊，那叫作小偷妄想吧？我也知道。但这不是妄想啊，明明就有东西不见了。日志和录音机都带在身上，所以没事，但有其他东西不见了。

"对了,狗不见了。狗不见了。"

"爸,我们家哪有养狗?"

奇怪,我们家好像明明有养狗啊!

*

我老家的路边的樱花甚美。樱花树是日据时代种下的,栽种在隧道侧边,每逢春天,人们都会摩肩接踵地在树下赏花。所以樱花盛开之时,我都会故意绕道而行。因为花看得太久,我会害怕。凶恶的狗可以用棍子赶走,但对樱花是行不通的。花朵绽放得热烈而赤裸。我时常想起那条樱花道,但我究竟在害怕什么?那只不过是花而已。

*

　　我从来没有被逮捕或拘留过，但我无时无刻不想起监狱。在我纷乱的梦中，我走在从未去过的监狱走廊。我虽努力寻找被分配的房间，但无论如何都找不到，这让我十分困惑。有时我梦到自己被分配到人满为患的房间里，进去却发现，我杀死的人用灿烂的笑脸等待着我。

　　从电视或小说里看到的监狱，对我来说是铁的世界。打开的铁门发出哐当声、高耸的围墙上面装饰得像花一般的铁丝网、嵌紧手腕的手铐和脚镣、发出咔嗒咔嗒声的囚犯的餐具和餐盘，甚至他们穿着的囚衣颜色，都可以让人联想到铁。

　　每个人都会有一个救赎之处的想象，可能是洒下和煦阳光的英国风庭园和草坪，也可能是阳台上摆放着花盆的瑞士风传统家屋。我则时常想起监狱，想起腋下、腹股沟和全身汗腺发出气味的粗野男人。囚犯们会借森严的等级制度让我服从于他们，在那里面，我似乎才可以彻底忘记我自己，似乎才可以平息片刻未休、忙于折腾的自己。

我也曾对惩罚室抱有幻想，反复幻想我被关在让人联想到棺木的狭窄房间里，双手被铐在身后，只能用舌头舔餐具的场面——我被残酷地践踏，精疲力竭。我极度渴望、拼命挣扎着想重回久违的世界，泥土的世界。这一想象带给我极度刺激的快感。也许我长久过着独自做决定、执行所有事情的生活，因而对此厌烦了也未可知。对我而言，能将我恶魔式的自律性收敛、归零的世界，就是监狱和惩罚室。那是我不能杀死、埋葬任何人，甚至连想象此等事本身都不被允许的地方，那是我的肉体、精神被彻底破坏的地方，是我永远丧失自我的地方。

我想起不断聚集在公共运动场的人们。"邻国"派遣了××党南下,美国军舰被扣押、第一夫人遭枪击,所以大家聚在一起召开声讨大会。讲者上台大声嘶吼,说要消灭××党。孩子坐在最前排,仰望着讲台。我们知道会发生什么事。我们都在等待喷出血液、切断身体的壮观场面。

"是那个人。"

一个朋友指着坐在讲台后方的年轻男人说道。

"今天是那个大叔,我确定。"

"你怎么知道?"

"他不是流氓吗?"

环视他身边的人,更凸显出他的特别。除了他以外,其余的都是社区里有头有脸的人:道知事、警察局局长、将军、督学和校长。只有他呈现出用肉体劳动的人特有的紧绷感，胸部结实到连西装扣子都扣不上。

不久之后，朋友猜测的那个男人在热烈的掌声中站上了讲台。声讨大会将要到达最高点。因为兴奋、哭喊而晕倒的女人接连出现。他一出现，两名穿着棉布裙子的女性举着纸张，坐在他的前方。他高喊："把××党从地球上消灭！"并从怀里掏出一把刀。女人发出尖叫，遮住眼睛。他毫不犹豫地拿起刀切下了自己的小指。

灭敌

两名女性一同高举他写下的血书。此时军乐队演奏军歌《灭敌的火把》，乐声响彻整个公共运动场。守护这片美丽山河的我们，以男子汉的气魄过着今天，无畏炮弹的火海，为了故乡父母兄弟的和平，战友啊，我的国家由我来守护，在灭敌的火把下拼死一战。

救护车在公共运动场的一隅待命。此时，医疗小组从车上下来，向他跑过去。他大吼不需要、什么都不需要。看到自己鲜血的年轻流氓陷入极度的兴奋状态，就像被捕获的野兽一样，环视四方并大口地喘着粗气。坐在后方的警察局局长走上前去悄声说了什么，他才冷静下来，任由医疗小组扶着他走下讲台，进行止血。

每次声讨大会都会有流氓踏上讲台，切下自己的手指，并高喊"灭敌"。就好像一定要在讲台上洒下鲜血，声讨大会才会结束一样。根据听来的传闻，说是警察局会请求帮派分子的协助，此时流氓老大就会指定上讲台的部下。我很好奇，每个地区是否有足够多的流氓可经受那么多的声讨大会。可是突然有一天，这些大会也消失了，因为总统被最亲近的部下枪击身亡。

人们去抓××党这个幽灵的时候，我则持

续地进行只属于我的杀戮。我在一九七六年杀死的一名男子，后来官方公布说是武装间谍杀害的。

"据推断，犯人是在残忍地杀害被害人之后，立即回到邻国。由犯罪现场的残酷程度来看，无疑是'北傀'所为。"

因为是被幽灵杀死的，所以根本没必要抓犯人。

*

我从市里回家的路上，在村子的入口和一个陌生男子相遇。这个年轻的男人双手抱胸，面对面狠狠地瞪着我。他是谁？怎么会这么直接地表现出对我的仇视？我很害怕。仔细想了很久，我刚开始以为是刑警，回家后翻阅笔记本才恍然大悟，那家伙是朴柱泰。

那家伙的脸为何这么难记住呢？真郁闷啊！总

之，要在忘记之前写下来，记下他屡次三番的出现。

*

恩熙又提起养老院的事情，说只是去看一看。我突然对罹患阿尔茨海默病的老人过着什么样的生活感到好奇，决定去一探究竟。可是恩熙生气了。问她怎么了，她说我之前回答："我什么时候说过？"还说我突然发脾气。

"我吗？我不记得了。"

恩熙再次劝说，所以我立刻跟她出发。后来听录音机播放的内容，我一路上一直问恩熙，现在要去哪里。恩熙耐心回答："你说想去养老院看看，所以现在我们正要去那里，只是去参观而已。"

恩熙用相机把养老院的每个地方都照了下来，说对我以后会有帮助。我边录音，边做着笔记。

老人之间看起来非常和睦。我到聚在一起玩

扑克牌的老人中间坐了一下。他们非常欢迎我。堆积木的图板游戏不太顺利，一再倒下，但是他们非常愉快。

"你看，大家都过得很有意思吧？"

恩熙对我说道。恩熙不知道，我曾经追求的愉悦是没有他人参与的。我从未感受过和他人一起做事情的喜悦。我永远都是在深深地挖掘我的内心，在那里面找寻持续长久的快乐，就好像把蛇当作宠物饲养的人购买仓鼠一样，我体内的恶魔也经常需要饲料。对我而言，"他人"只有在那时才有意义。我一看到那些老人拍手、高兴的样子，便立即开始憎恶他们。因为笑是弱者的表现，是在向他人昭示着自己的毫无防备，也是种把自己当作别人饲料的信号。他们看起来非常无力、低俗，而且幼稚。

恩熙和我也进去看了老人聊天的休息室。他们的对话没有连续性，严重的阿尔茨海默病患者一直反复说着没有意义的话。其他患者听到之后，七嘴八舌地说着自己想得起来的话语。即使说了不太好笑的话，也会引起爆笑。恩熙向带我们参观的社工问道：

"他们怎么能听得懂对方的话，还能那样对话呢？"

不知道是不是因为被问过太多次，社工毫不犹豫地回答道：

"喝醉的人在一起时，彼此也很高兴吧？因为愉快的对话并不一定需要智力啊！"

*

我发现便条纸上写着"未来记忆"这个让我摸不着头脑的词。是看到了什么写下的呢？这分明是我的笔迹，但我怎么也想不起来它的意思。记住已经发生的事情不才是记忆吗？可是"未来记忆"是什么？因为耿耿于怀，所以在网上查了一下。"未来记忆"是指记住未来要做的事情，阿尔茨海默病患者最快遗忘的就是那个。记住类似"饭后三十分钟要吃药"之类的话，正是未来记忆。如果丧失过去的记忆，我无法得知我究竟是谁，如果不能记住未来，我永远只能停留在现在；如果没有过去和未来，现在又有什么意义？但有什么办法呢？铁轨中断的话，火车也只能停止。

话说回来，重要的事情就在眼前，真是担心啊！

*

我喜欢安静的世界，所以绝对不能住在都市里。有太多的声音向我袭来，太多的招牌、指示牌，以及人，还有他们的表情，我都没有办法解释，我会害怕。

*

我去了好久没参加的聚会。地方的文人都上了年纪。有一个曾经努力写小说的人正在研究族谱，心已经开始走向亡者那边。有几个写诗的人现在都迷上了书法，那也是属于亡者的文化。

"现在我喜欢看别人写的文字。"

一个老头说道，其余老头在旁边附和他。

"东方的文化里，原本模仿就是基本。"

老了以后，大家都回归东方了。

有一个老头是退休高中校长，大家依据先前的职称，称他为朴校长。他问我现在还写不写诗。

"写啊！"

他要我给大家看。

"没什么值得一看的。"

"那也很厉害！还在写。"

"正处于想写的阶段，可是总写不好，也许

是因为老了吧。"

"是关于什么的诗？"

"就是经常写的那些嘛！"

"又是出现血啊、尸体的那些？老了的话，性情也应该变得温和一点啊，你这家伙！"

"我已经好多了。话说回来，在死之前，如果还能再好好地写一篇，那也就死而无憾了。"

"如果有这样的诗，绝对不要迟疑，一定要下笔写。谁知道明天早上眼睛还能不能睁开呢？"

"就是说啊！"

我们一起喝了咖啡，我说：

"我最近又读了以前读过的古典作品，是希腊的。"

"读了什么？"

"悲剧或叙事诗之类的。《俄狄浦斯》也读，《奥德赛》也读。"

"那些东西还看得进去吗？"

校长摸摸自己的老花眼镜问道。

"有些东西要老了才看得见。"

我去洗手间确认录音机,都录得很好。

*

我在书架上发现了首不错的诗,大为赞叹,一读再读,想把它背下来。后来才发现那是我写的诗。

*

我看了笔记本又吓了一跳。警察大学学生来过的事情,已经被我忘得一干二净,即便这是最近经常发生的事,但还是让我不习惯。这和已经忘记的不同,感觉好像是根本没发生过的事情一样。我的心情就如同在阅读《南极探险记》或犯罪小说中的一页,可是这明明是我的笔迹。虽然完全没有印象，但我还是再次写下来。昨天有五个警察大学学生和女刑警来过。

*

最近我把往事记得更清楚了。

我最初的记忆：我坐在置于院子中间的大盆子里，正泼着水。我大概是在洗澡吧！从我的身体可以完全进入盆子来看，应该是三岁或更小的时候。有一个女人的脸几乎要碰到我的脸，非常近，应该是母亲吧？旁边还有别的女人来来去去。母亲好像把我当成从市场买回来的章鱼一样，将我的身体翻过来翻过去，用力搓洗。我清楚地记得母亲的气息从我脖子上吹拂过的那一瞬间，也记得因为耀眼的阳光，不由得皱起眉头的情景。从妹妹不在我的记忆里来看，大概是在妹妹出生之前或她在别的地方的时候。

快要洗完时，我记得母亲突然伸手捏紧我的"辣椒"，并且说了什么，之后就什么都想不起来了。"辣椒"被抓住，为什么屁股会痛呢？当时我觉得很奇怪。我还记得不知从哪里传来女人的哄然大笑声。

*

人类是关在名为时间的监狱里的囚犯，罹患阿尔茨海默病的人则是关在墙壁越来越窄的监狱里的罪囚，而且变窄的速度越来越快。我觉得快窒息了。

*

警察大学学生来过的事情总叫我不安，该不会妨碍我解决掉朴柱泰吧？

恩熙彻夜未归。我心里已经做好了最坏的打算。我决定天一亮就去找那家伙,并做好万全的准备,可是脑子一沉就睡着了。等我醒过来一看,发现恩熙回来又出去了的痕迹。太阳已经升上中天。

是在反抗我吗?

*

翻阅笔记本或听录音的内容,有时会看到完全不记得的事情,我的记忆渐渐丧失,因此这也是无可奈何之事。但阅读我不记得的自己的行为、想法和话语时,心情十分奇妙。就好像时隔很久再次阅读年轻时读过的俄罗斯小说一样,对其故事背景和登场人物都不感到陌生。但这种感觉却又十分新奇，这些场面曾经发生过吗？

*

我问恩熙为什么昨天晚上没回家。恩熙一直用手指梳理耳边的头发，躲避我的目光。这是她努力忍受不想听的唠叨时的习惯。从这个习惯中，我看到了幼年时期的恩熙，天真无邪，只会依赖我的、不懂事的恩熙。

"都过去了还提它干什么。"

恩熙想转移话题。

"为什么这么做啊？你以前从来不会这样的。昨晚在哪儿过夜的？"

"昨晚在哪儿过夜的又怎样？"

恩熙和平时不同，说话语尾上扬。从她勃然大怒的样子看来，一定是和那家伙在一起。现在连辩解都不辩解的恩熙，大概认为我早晚都会忘记吧？可她不知道我这么拼命地试图抓住记忆。

"那家伙是蓝胡子[1]。"

"什么胡子？他没留胡子。"

恩熙的文化素养不太好。

*

那家伙为何留恩熙一条生路？是想把她当成人质吗？是想让我不要检举他，所以故意把恩熙留在身边吗？那就干脆先把我处理掉不就好了？在犹豫什么啊，朴柱泰？

---

[1] 蓝胡子（Bluebeard），也有译名为青须公，是法国诗人夏尔·佩罗（Charles Perrault）创作的童话故事的同名主角，他连续杀害了自己的妻子们。他的本名不明，因为胡须的颜色而得称。——编注

*

恩熙和朋友在打电话。我悄悄地将耳朵贴在门上偷听她们的对话。恩熙好像深深爱上了朴柱泰,不停谈论他,说他有多么好,对自己有多好。我好像是第一次直接听到陷入爱河的女人说话的声音。恩熙从来没有在像家的环境里生活过,小时候失去父母,然后就和我住在一起。此刻,恩熙第一次梦想要建立自己的甜蜜家庭。可是恩熙呀,对方为什么偏偏是那家伙呢?为什么你的所爱之人,注定要死在我这个杀死你父母的人手里呢?

*

我想快点杀死朴柱泰,可是经常精神一沉就忘了,只能在心里干着急。我会不会就此变成一个事事无成的人呢？真是抑郁啊！

*

我在恩熙的皮包里发现了安刑警的名片。安刑警为什么追查我？是不是受到他仅存的成功欲望的驱使？

*

自从我警告恩熙说朴柱泰很危险后，她就毫不掩饰地躲避我。但是我努力不去埋怨恩熙。总有一天，当我的脑部完全枯干，再也不记得任何事情，所有的一切都不能按照我的意愿成就的时候，或者当我死去、埋葬在坟墓里时，恩熙将会读到我的笔记，听到我的录音，那么她就会知道我是哪种人，就会知道我为了她准备了哪些事情。

*

"白天刑警到研究所来找我。"

恩熙说道。我问了以后,觉得应该是安刑警。

"他问我妈妈的事。"

"那你怎么回答的?"

"我得有知道的事情才能回答啊,所以我说不知道。"

"为什么现在才有刑警来调查你妈妈?"

"我怎么知道?我告诉他,如果知道什么事情的话请他告诉我。"

"他怎么回答?"

"他说好,可是有一件事情很奇怪。"

"是什么?"

"爸爸您不是说我的亲生母亲去世了吗?可是安刑警说她还属于失踪人口。亲生父亲虽然有医院开的死亡证明,也申报为死亡,但妈妈没有。她是因为长期失踪才按死亡处理的。这是怎么回事呢？不是很奇怪吗？"

"安刑警这么说吗？说很奇怪？"

"是啊，安刑警也这么说。"

"是孤儿院的院长跟我说的，说你妈妈过世了，所以我也一直那样以为。"

"那妈妈现在会在哪里呢？"

"不知道啊，也许就在离我们很近的地方吧？"

比方说，就在我们家的院子里。

*

我听了下录音机，发现这几天录了好几首歌，都是金秋子和赵容弼的歌，还有朴仁寿的《春雨》。"春雨，让我哭泣的春雨，要下到什么时候呢？连我的心都在哭泣。春雨。"

我为什么唱呢？

不知道。

因为不知道,所以生气。虽然想全部删除,但因为不知道删除的方法,于是作罢。

*

我睡了午觉,眼睛一睁开,朴柱泰坐在我枕边。他强按着我的额头,让我无法起身。朴柱泰说,他知道我是谁。我问他,知道我是谁是什么意思?他说,他和我是同种,他第一眼就看出来了。他还说他知道我第一眼就看出他是谁。

"你要杀了我吗?"

他摇摇头,说正在准备更有意思的游戏,然后开门走了出去。我果然没猜错。可是那家伙在准备的游戏是什么?

*

羞耻心和罪恶感:羞耻心是对自己感到惭愧;罪恶感的基准则是从他人、从自己身外而来,觉得羞愧。有一些人虽有罪恶感,但没有羞耻心,他们畏惧他人的处罚。我虽能感觉到羞耻,但没有罪恶感。我原本就不惧怕他人的视线或审判,但是我的羞耻心很强。我也曾因为这个理由而杀人 —— 我这种人更危险。

如果放任朴柱泰杀掉恩熙,那将是丢尽颜面的事。若是如此,我不会原谅自己的。

*

活到现在,我也曾拯救过许多生命,虽然都是不能说话的禽兽。

待我回过神来,发现安刑警就在我的身边。我想不起来他是从什么时候开始坐在我家的长廊下和我对话的。他还在继续说,仿佛一部从中途开始看起的电视连续剧。

"……为何偏偏就是那家小店呢?所以您说我是不是会疯掉?"

"你是说哪家小店?"

我打断他的话问道。

"就是那家卖香烟的小店啊!我常去买香烟的那家小店。"

"那家卖香烟的小店怎么了?"

长得跟熊一样的安刑警,目光无意间变得锋利。

"您好像真的太健忘了……被杀的女人就在那家小店工作过啊!"

我这才理出头绪。我杀的第八个人正是大家

常说的"香烟小店的小姐"。原来安刑警是那里的常客啊。可是话题是怎么扯到这里的？

"所以呢？"

"那个小姐现在还经常出现在我的梦里，拜托我一定要抓住犯人。"

我说：

"你一定要抓到啊！"

"一定会抓到的。"

安刑警说道。

"可是去抓最近那个嚣张的连环杀人犯不是更要紧吗？"

"那是共同搜查本部要做的事。我算是闲职，就当作消遣吧！"

安刑警从口袋里掏出香烟盒。

"听说这种烟对身体不好，但对阿尔茨海默病的治疗有帮助。"

他像是辩解一样，嘟囔了几句后，拿出香烟

叼起一根。

"早知道我也学抽烟了。"

安刑警抽出一根烟给我。

"您要不要抽一根?"

"我不会抽烟。"

安刑警的香烟烟雾掠过柱子,飘向上端。

"您该不会连一次都没抽过吧?话说那条狗跟人很亲近呢!它叫什么啊?"

他发出"啧啧"的声音,唤狗过来。杂种黄狗在一定距离之外停住,站在那里摇着尾巴。

"这不是我们家的狗……我得把门关好,要不然什么乱七八糟的都跑进来了。"

"这狗以前也在啊!难道不是您家的狗吗?"

"从没见过的东西最近老是进进出出的。滚一边去!(对狗喊)"

"算了吧,它看起来很乖呢!可它嘴里咬的是什么?"

"牛骨吧？旁边的邻居老是煮牛骨汤，一定是从他们家叼来的，别提味道有多臭了，大家怎么能每天只喝牛骨汤过活呢……可是你在寻找的那个犯人，为什么到现在都抓不到？会不会已经死了？"

我故作漫不经心地随口问道。

"也有可能，但活着的时候，肯定是不安心的。连我都经常做噩梦，杀死那么多人的家伙怎么可能睡得安稳？就算他死了，那也一定是受尽各种病痛的折磨后死的，不是有句话说压力是万病的根源吗？"

"那会不会对阿尔茨海默病也有影响？"

"什么？杀人吗？"

安刑警的眼睛一亮。我连忙摆手说道：

"不是，我是说压力。"

"总归还是会有影响的吧？"

"哪有没压力的人？那些都是人生的……"

因为想不起接下来的话,我发了好一会儿呆。安刑警小心翼翼地接话。

"……原动力?"

"对,不都是人生的原动力吗?"

我们一起平白无故地傻笑着。哈哈哈,哈哈哈,哈哈哈。黄狗摆低身子,向我们吠了一声。

*

所有的东西都开始趋于混乱。我看了眼自以为已经用文字写下的东西,可实际上什么都没写,我以为已经录音的内容,却用文字写了下来。当然也有相反的情况。我不太能区分记忆、记录和妄想。医生要我听音乐。听从他的推荐,我开始在家里听古典音乐。会有什么效果呢?他也给我开了新的药。

短短几天，我的症状便有了明显的好转。是因为新开的药吗？我的心情变得很好，想去外面走走，自信心也提升不少。过去迷迷糊糊的头脑清醒了许多，记忆力好像也变得跟之前一样好了。医生和恩熙也这么认为。医生说阿尔茨海默病通常会伴随老年抑郁症。抑郁症本身也是阿尔茨海默病恶化的主要原因，如果抑郁症能得到改善，那么阿尔茨海默病的恶化速度将会减缓，或者一时间会看起来像好转了一样。

我能感受到消失已久的自信心为之重生，感觉自己好像能做任何事情。趁着头脑这么清楚的时候，我要赶紧完成延宕已久的那件事。

又发现了一具女性的尸体,这次也是在田间道路的排水管。受害者和之前一样全身遭到捆绑,丢弃尸体的场所等手法也都相同。警方加强了路检,并派出大批警力,非常吵闹。

*

我突然萌生这样的想法:也许我是在嫉妒朴柱泰。

*

我偶尔会想,即使我被逮捕,也不会遭到处罚。奇怪,明明应该感到高兴才对,但心情总是不太好,好像是被人类社会彻底排斥的感觉。我不懂哲学，但我内心深处住着禽兽。禽兽是没有伦理的，既然没有伦理，那为什么会有这样的感觉？是因为我老了吗？我至今都没有被逮捕的原因也许是运气好，但我为什么完全感觉不到幸福？然而幸福又是什么呢？我能感受到我活着，那不就是幸福吗？那么我最幸福的时候不就是每天想着杀人、筹划杀人的时候吗？那时的我就好像紧绷的弦一样。那个时候也和现在一样，我拥有的只有当下而已，过去和未来都不存在。

几年前我去牙科时，发现有一本书在说什么专注带来的喜悦，我就稍微读了一下。作者强调专注的重要性以及它带给人们的莫大的喜悦等。我说作者老兄，哪怕放在我幼年时期来说，如果只专注于一件事情的话，大人都会担心，说这孩子钻牛角尖。那时只有疯子才会专注于一件事情。很久以前的我埋首于杀人，如果你知道那时我有多么专注、我在那里得到的喜悦有多大，如果你知道专注有多么危险的话，你一定会把嘴巴闭上。专注是危险的，所以才令人喜悦。

我不记得过去未曾伤害过任何人的二十五年生命了。留给我的只有陈腐的日常生活。我过着扮演傻瓜的生活太久了。

我想再次专注。

*

经历了交通事故之后，我患上了极为严重的谵妄，应该是脑部手术的后遗症。因为过于严重，护士将我的手脚绑在床上。虽然身体被绑了起来，心灵却自由高飞。我做了很多梦。那时有一个奇怪却清晰的梦，就好像是实际发生过似的，直到现在还留存于我的脑海里。梦中的我是一个公司职员，也是三个孩子的父亲，老大、老二是女儿，老幺是儿子。我拿着妻子准备好的便当，到看起来像是公共机关的地方上班。所有事情都像是已经安排好了，生活安定却无趣。那是我一辈子都未曾体验过的感觉。

吃过午饭以后，我和同事一起去打台球，再回到办公室的时候，女同事说我妻子打电话来找我。我打电话回家，妻子的声音非常急迫，喊着"老公、老公"。听筒里传来妻子边喊"老公"边求救的声音，随即电话被挂断。在跑回家的路上，我分明感觉自己想要说些什么，却什么也说不出。我推门进去一看，妻子和三个孩子整齐地躺在一起。与此同时，警察破门而入，给我戴上了手铐。这是什么情况？我是因为要让自己被抓所以才跑回家的吗？

谵妄好转之后，每次想起那个梦的时候，我都会有某种失落感。那究竟是从何而来？是因为从短暂经历的平凡生命中被驱赶出去了？还是因为失去了妻子和孩子？对实际从未拥有过的事物产生失落感的感觉十分奇妙，就好像只是因为麻药的效果出现的错觉。我的头脑难道无法加以区分吗？但是我在梦里被警察逮捕的那一瞬间所感到的安心，也值得我去反复回味。那是一种长久游历、看过世上所有美好事物之后，最终回到自己老旧而寒酸的家时的感受。我不属于充斥着便当和办公室的世界，而属于血和手铐的世界。

*

我没有任何优点，仅有那么一件擅长的事情，也因为其特殊性质使我无法向任何人炫耀。究竟有多少人是带着不能向任何人诉说的自负进到坟墓里去的？

*

要吃药才能推迟认知能力的减退,我却经常忘记吃药,这真是令我困窘。我在月历上画上红点,提醒自己吃药,但偶尔会忘记那个点是什么意思,只是呆呆地站在月历前好一会儿。

我记得很久以前听过一个冷笑话。因为突然停电,父亲叫儿子拿来蜡烛。

"爸,太暗了,我找不到蜡烛。"

"你这个傻瓜,把灯打开不就行了?"

我和药的关系就是如此。想吃药的话,一定需要记忆力,但因为没有记忆力,所以没办法吃药。

*

人们都想了解"恶"是什么,这真是毫无意

义的愿望。"恶"就像彩虹。你靠近它多少，它就后退多少。因为无法了解，所以才是"恶"。在中世纪的欧洲，后入体位、同性恋不都是罪恶？

*

作曲家留下乐谱，一定是为了以后能够再次演奏那首曲子。涌现乐曲构思的作曲家大脑里都是灵感的火花吧？在灵感迸发之时还能沉着地掏出纸张，写下乐曲，实在是一件不容易的事。他们谨慎写下诸如 con fuoco（如火一般，热情的）等乐谱符号，在这份冷静中，必定隐藏着戏剧性的一隅。艺术家的内心深处，想必得有一处逼仄之地，留给随时待命的抄写员吧？唯有如此，曲子和作曲家才能流传后世。

这个世界应该也存在着未曾留下乐谱的作曲家吧？也有那些身怀绝伦武术，却永不传人的江湖高手吧？我用受害者的血写成的诗，被鉴定小组称为"现场"，这些诗都被锁在警察局的柜子里。

*

我经常思考关于未来记忆的问题——这是因为我此刻竭尽全力不去忘记的，正是我的未来。忘记过去杀害了数十人的事情也好。我已经过了太久与杀人无关的生活，所以那倒也不是一件坏事。但是我绝对不能忘记未来，亦即我的计划——我要杀掉朴柱泰。如果忘记这个未来，恩熙就会惨死在那家伙的手里。可是我罹患阿尔茨海默病的脑袋却朝着相反的方向运转：很久以前的记忆如此鲜明，但对于未来，却抵死也不想记录。我感觉这个迹象好像在反复向我警告"未来"并不存在。可是我思前想后，觉得如果没有未来，过去也变得没有意义。

我想起奥德修斯的旅行也是如此。奥德修斯刚一踏上归途，就被迫停泊在一座岛上，当地人只吃"莲"这种果实。岛民亲切地递给他莲的果实，他吃完后便忘记了返乡这件事。不仅如此，他连部下也全都忘了。忘了什么？忘记了"回归"这个目的。故乡虽然属于过去的记忆，但回到故乡的计划却属于未来。从那以后，奥德修斯不断地和"忘却"争战。他从海妖塞壬美妙歌声的诱惑中脱身，也从想将他留下的海之女神卡吕普索处逃离。塞壬和卡吕普索期盼的是奥德修斯忘记未来，永远留存于现在。但是奥德修斯与"忘却"争战到最后，图谋着回归。因为只停留于现在，便意味着沉沦为与禽兽一般。如果忘却了所有的记忆，就无法被称为人类。现在只是连接过去与未来的虚拟接点，其本身什么都不是。重度阿尔茨海默病患者和禽兽有何相异之处？并没有什么不同，吃、拉、笑、哭，然后迎接死亡。奥德修斯拒绝了现在。他是怎么实现的呢？是靠着记住未来、靠着永不放弃追寻过去的计划实现的。

那么，我要杀掉朴柱泰的计划也成为一种回归。回到我已然离开的那个世界，回到连续杀人的时期，因此我必须复原到过去的我。未来就是以这种方式与过去连接。

奥德修斯有苦苦等待他的妻子。在阴暗的过去中，等待我的人是谁呢？是那些死在我手里、安息在竹林底下、每当刮大风的夜晚都会嘈杂不已的尸体吗？还是哪个我已经遗忘的人？

*

我觉得医生一定是在给我做脑部手术时，在我头部植入了什么东西。我听说有那种计算机，一按按键，所有记录都会被删除，并且自爆。

*

　　恩熙又没回家，这已经是第几天了？我也不知道。该不会是已经被那家伙杀掉了吧？她连电话也不接。我不能再这样等下去，记忆却总是陷入混乱。我的心越来越急。

*

　　因为睡不着，我走到外面，看到夜空中星光灿烂。下辈子，我想成为天文学家或灯塔看守人。回想起来，跟人类打交道是最辛苦的。

*

　　我已经准备就绪，剩下的只有登上舞台。我做了一百下俯卧撑，肌肉变得结实而有弹性。

*

我梦到了父亲。我们脱光衣服去澡堂洗澡。爸,为什么脱光去澡堂洗澡呢?我这样问父亲。父亲回答:反正都要脱掉,先脱了再去比较方便。我听了以后也觉得有道理,可是总觉得有些奇怪,又问了父亲:那其他人为什么都穿着衣服去澡堂洗澡呢?父亲回答道:

我们不是和别人不一样吗?

*

早上一起来,我感觉浑身酸痛。吃完早饭后,我照例做了体操,却觉得身体刺痛,仔细一看,手和手臂有轻微的伤口。我找出药箱,擦了软膏,在房间地板上踩到沙子。昨晚发生了什么事?我完全想不起来。我试着按下录音机回听,但什么也没有录到。这么看来,我肯定是外出时没有带上录音机。我好像得了梦游症似的。我会不会是在夜里处理掉了朴柱泰?我看了看昨天的记录,上面写着"我已经准备就绪,剩下的只有登上舞台。我做了一百下俯卧撑,肌肉变得结实而有弹性"。

打开电视一看,并没有播报什么特别的内容。新闻里也没有提到关于杀人事件的消息,只是一直在重复今年夏天会特别热的报道。该死的家伙们。那种新闻每年五六月都会出现。"今年夏天会特别热。"这都是想多卖几台空调的手法。每年初冬的时候,又会出现"今年冬天会特别冷"的新闻。如果那些报道都是真的,那现在地球应该都变成桑拿房或冰箱了。

我看了一整天新闻,朴柱泰的尸体可能还没有被发现。在现场周围徘徊非常危险,我不能去。会有尸体吗?从手臂的泥土已经干掉来看,我好像把尸体埋在哪里了，可是因为想不起来，所以非常郁闷。如果恩熙发现了那家伙的尸体，她会做出怎样的表情？之后会怎么做？她在很久很久以后会不会知道我为了她做了多么困难的事情？警察又会怎么反应？会不会查明朴柱泰就是把这个村子搞得恐怖至极的连环杀人犯？期待警察做到这个地步有些困难吧。

我洗了澡。仔细将身体洗干净后，我把穿过的衣服都烧掉，然后用吸尘器把房间打扫干净，将过滤网里的所有东西都烧掉后，用消毒剂清洗了过滤网，并把它晾干。我突然问我自己，做这些事情有什么意义？反正我都会忘记，就算被逮捕，不也只是参观一下经常在幻想中看到的监狱吗？那有什么不好？暂时离开这个混乱的泥土世界，去往经过严整规划的四方形铁制框架的世界。

我今天听了一整天贝多芬的第五号钢琴协奏曲《皇帝》。

*

以前在报纸上读过这么一个故事：有个胃癌末期患者住进加护病房，要护士叫警察来。他向警察坦白自己在十年前犯下杀人案。他绑架了合伙人并杀了他。警察在野山找到了死者的遗骸。回到加护病房后，犯人已经陷入昏迷状态，濒临死亡。他除了要经历苦不堪言的肉体痛苦之外，还必须承受良心的煎熬。世人都原谅了他，看来每个人都觉得他已经付出了犯罪的代价。但是这个世界也能原谅我吗？对于一个没有任何苦痛、进入忘却的状态，连自己是谁都已遗忘的连环杀人犯而言,这个世界会对他说什么?

*

今天的精神状态十分好,我真的得了阿尔茨海默病吗?

*

恩熙为什么不回家?也不接电话,她会不会已经知道我是谁了?应该不会吧?

*

我在竹林里散步,淡绿色的竹笋快速生长,和竹笋相关的东西突然浮现在脑海里,却又立即消失。我看着天空,竹叶发出咝咝咝的声音,和风不断碰撞,我的心灵变得极为平静。虽不知道这是谁家的竹林,但真的很好。我绕着村子走了一圈,总是想着要找出什么,却想不起来那是什么。我翻开笔记,上面写着朴柱泰和他的吉普车,也写着那家伙是多么频繁出没于我的周围,并且监视着我的。我又绕了村子一圈,没看到朴柱泰和他的狩猎用吉普车。他应该是死在我的手里了。虽然感觉到一种击败年轻人的自豪感,但完全无法记起这件事的这一点让我非常沮丧。我没有收集战利品的习惯。因为我相信能够在记忆里记录得清清楚楚。如果记不住,那么被害者的戒指或发夹等战利品又有何意义?说不定,我甚至连那些东西是从何而来的都想不起来。

*

  我坐在长廊上眺望夜幕降临于村口,人生也

会这样结束吗？

*

　　野狗刨洞后会钻进里面。被驯养的狗如果变成野狗，就会像狼一样行动，看着月亮长吠、刨洞穴，过着严苛的社会生活。就算怀孕也得按照顺序，只有大王母狗才能怀孕，阶层低的母狗如果怀了孩子，会被其他母狗攻击至死。那只黄狗接连数天一直在院子刨洞，今天嘴里咬着什么东西在走动。不知道是谁家的臭狗，今天又从哪里咬来什么东西。我拿着棍子死命打它，于是它夹紧尾巴跑了。我用棍子翻动那个沾满泥土的白皙的东西，观察了一下。

　　是女人的手。

*

朴柱泰还活着，或者是我看错了。答案就是这两者之一。

*

恩熙还是不接电话。

阿尔茨海默病患者就如同搞错日期、提早一天到机场去的旅客一样。在与柜台的航空公司职员见面之前，他坚信自己是正确的，并且泰然地走到柜台，出示自己的护照和机票。职员摇摇头说："很抱歉，您提早一天来了。"但是他觉得职员看错了。

"请你再确认一次。"

其他职员也加入对话，并跟他说是他看错日

期了。他无法再固执己见，于是承认是自己搞错了，然后离去。隔天他又到柜台出示机票，职员却重复着与昨日相同的台词：

"您提早一天来了。"

这种事情每天重复。他永远无法"准确"到达机场，一直在机场周边徘徊。他不是被关在现在，而是彷徨于既不是过去，也并非现在和未来的地方——那是一处"不适当的地方"。没有任何人可以理解他。在渐增的孤独和恐惧中，他将变成什么都不做的人，不，变成什么都不能做的人。

*

我茫然地把车停在了路边。我也不知道为什么会停在那里。警车停在我的后方，年轻的警察敲了敲我的车窗，那是一张陌生的面孔。

"您在这里做什么?"

警察问道。

"我也不知道。"

"老伯,您的家在哪儿?"

我慢慢把行车执照拿出来给他看。

"驾驶执照也拿出来。"

我按照他说的做了。警察上下打量我一番,问道:

"您为什么来这个地方呢?大半夜的。"

"我说过我不知道啊!"

"您跟在我后面开吧。您能开车吧?"

我跟着打开警灯、在前方引导的警车回到村子。到了家里才想起来,我当时是为了去找恩熙,所以在去朴柱泰家的路上。我因为口渴打开冰箱,看到放在塑料袋里的那只手。那真的是恩熙的手吗?啊啊!不知道为什么,那可能是恩熙的手的想法在我脑海里挥之不去,要不然怎么会送到我这里来？朴柱泰一定还活着，而且很大胆地将那只手送来给我。他向我提议要玩游戏，可是我连他家都没法靠近。不，就算破门而入，我也肯定没有胜算。那家伙就是为了这样耍我，才放我一条生路的吧？这种想法让我绝望到浑身发抖。

我开始翻遍整个房间，想要寻找安刑警留给我的名片。我要打电话给他，反正我已经没有什么可失去的了，我根本不怕。可是无论我怎么找，就是找不到安刑警的名片。后来我只好拨打112，说我女儿可能被杀害了，而且我好像也知道犯人是谁，要他们尽快来，在我的记忆消失之前。

*

俄狄浦斯在路上因为怒气杀了人，并且忘掉了这件事。刚读到这里的时候，我觉得他真是了不起，竟然能忘记。瘟疫在国内肆虐时，成为国王的他极为震怒,下令要臣下找出一个犯人来,可是不到一天,他就知道了那个犯人就是他自己。那一瞬间,他感觉到的是羞耻,还是自责?和母亲同寝是羞耻,杀死自己的父亲是自责吧?

俄狄浦斯如果照镜子,就会在里面看到我的模样。虽然相似,却是完全颠倒的。他和我一样都是杀手,但他不知道自己杀的人是他父亲,甚至忘记了该行为。但他后来觉察到自己犯下的罪行,选择了自我毁灭的道路。我从一开始就知道自己杀的是父亲,也知道必须杀死他,日后也未曾忘记,其余的杀人都只是第一次杀人的副歌罢了。每次当我的手沾上鲜血时,我都会下意识地想到第一次杀人的情形。但是在人生的终点,我会忘记所有我曾经犯下的恶行,所以我变成没有必要也没有能力原谅自我的人。拿着拐杖的俄狄浦斯虽然直到年老才成为觉醒的人、成熟的人,但我会变成小孩,成为任何人都无法问罪的幽灵。

俄狄浦斯的过程是从无知到忘却、从忘却到毁灭,但我刚好相反。从毁灭到忘却、从忘却到无知,回到单纯无知的状态。

*

便衣刑警敲了我家的大门。我穿好衣服,出去把门打开。

"你们是接到报案来的吧?"

"是的,您是金炳秀吗?"

"对。"

我把放在塑料袋里的手交给他们。

"您说这是狗叼来的?"

"是的。"

"那么我们可不可以搜索一下这一带?"

"这里就不需要搜索了,该去抓犯人啊!"

"犯人是谁?您知道吗?"

"那家伙叫朴柱泰,是在这一带打猎的房地产中介……"

我听到刑警扑哧的笑声,一个男人突然从他们身后出现。

"您是在说我吗?"

竟然是朴柱泰,他和刑警在一起。我看着他们,双腿发软,他们是一伙的吗?我指着朴柱泰大叫:

"把这家伙抓起来!"

朴柱泰笑着。滚烫的东西顺着我大腿流下,这是什么?

"老人家尿尿了。"

刑警忍不住笑起来。我颤抖着跌坐在长廊下,几条狼狗从敞开的大门跑进来。

"出示搜查证,虽然不知道他能不能看懂。"

穿着皮夹克、较年长的刑警下达指令,比较年轻的刑警将纸张推到我面前。

"看到搜查证了吧?我们开始搜查了。"

警犬在院子的一个角落抽搐着鼻子,然后吠了短短三声。制服警察开始用铲子挖那个地方。

"啊,出来了。"

"可是有点奇怪。"

警察找到的东西,一眼就能看出是孩子的遗骸,明显是很久以前埋下的,都已化为白骨。警察开始骚动起来,大门外开始有居民聚集。制服警察拉上了警戒线。警察好像有些慌乱,又有点兴奋。我也不太清楚,因为我不善于阅读人们的表情。可那孩子是谁呢?如果是很久以前埋的,那我为什么记不得?朴柱泰又为什么跟警察在一起?

*

我被关起来了。刑警经常来找我,他们一直提到"昨天"。我没有跟"昨天"有关的记忆。

我总觉得今天是第一次应讯,所以经常从头开始说起:我杀了很多人,但我又是怎样躲过逮捕的;我写了哪些诗,为什么没有把教诗的讲师杀死;关于尼采、荷马与索福克勒斯,他们多么犀利地洞察人类的生命与死亡。

可是那些刑警好像不太愿意听这些东西,他们对于我自夸的过去和哲学毫无兴趣。他们坚信是我杀了恩熙,他们只关心这个问题。我说是朴柱泰杀的,他正和恩熙交往。我撞到他的车以后,发现他的车厢里滴血,从那以后,他一直在我周边徘徊。

"可他是警察啊!"

眼前的刑警扬着嘴角笑道。我反驳他,警察难道不会杀人吗?他明快地点点头。

"会啊!但这次貌似不是这样。"

我要他们找安刑警来,也许只有他会相信我的话。刑警这次也毫不留情地摇头,说不认识姓

安的刑警。我详细叙述了他的衣着相貌、说话的习惯,以及和我谈话的内容等。一名刑警说道:

"说对最近的过去一点也不记得的人,怎么会对安刑警记得这么清楚?"

他好像说得没错。可是我为什么生气?

*

我好像被送到平行宇宙。在这个宇宙里,朴柱泰是警察,不存在安刑警这个人,而我是杀了恩熙的杀人犯。

*

又有一个刑警来找我,他一直问我:

"您为什么杀了金恩熙?"

"杀死我女儿的人是朴柱泰。"

年纪较大的刑警听完我的话后,仿佛当我不存在似的,侧身跟旁边比较年轻的刑警说着什么。

"有什么意义?这种调查。"

"但还是要留下调查记录,也许他都是在作秀。"

年轻刑警嚷着他再也受不了了,又接着跟我说道:

"老伯,金恩熙不是你的女儿。她是疗养院护士,是那种去看护居家的阿尔茨海默病患者,帮助他们的疗养院护士啊!"

我听不懂疗养院护士是什么意思。年纪较大的刑警高声制止了年轻刑警,说道:

"我的血压都快爆了。别说了,反正说了也没用。"

*

深渊正凝视着我。

我在报纸上发现关于我的报道，于是撕下来收藏。

"……平日几乎从不缺勤的金某接连三天未出勤，且处于断联状态。对此，金某的家人和朋友推测其遭遇意外，遂向警方报案。警方通过调查得知，金某平日里担任疗养院护士，负责照顾居家的阿尔茨海默病患者。得到这一情报的警方立刻以金某拜访过的患者为搜查对象展开调查，最终认定金炳秀（七十岁）为重大嫌疑人，并向法院申请搜查证，在金炳秀住家内外展开搜索，发现了被杀害的金某的尸体和遭分尸的部分身体器官。在此之前，据闻警方除了金某的尸体以外，还发现了一具儿童的遗骸。按照遗骸的状态推断，应该是在很久以前遭到杀害并掩埋的。警方已将遗骸送往国家科学搜查研究院，俟鉴定结果出炉，也将对该遗骸展开调查。据悉，嫌犯金炳秀并无前科，目前罹患重度阿尔茨海默病，是否加以起诉或暂缓起诉，本报正密切关注中。"

*

我经常出现在电视新闻里。人们不相信恩熙是我女儿。大家都这么说，我也开始觉得是我记错了。他们说恩熙是非常尽职的疗养院护士，献身于照顾罹患阿尔茨海默病的独居老人。电视反复播放她的同事流着眼泪为她举行葬礼的场面。他们因为哭得太过悲伤，连我也差点相信恩熙不是我的女儿，而是疗养院护士。警察仔细调查我家周边。"基因检测""恶魔"等单词开始出现。我把刑警叫来，跟他们说，不要再挖院子了，去挖挖竹林。刑警一脸紧张，立刻跑了出去。从那时起，电视开始出现那片竹林。无论何时都让我听到悦耳歌声的竹林。

"这里简直就是公墓啊,公墓。"

看着包着防水布的遗骸一具具从山上搬运下来,一个村民如此说道。

*

无法理解的事情无止境地持续着。相似的情况中,相似的事情反反复复。我无法集中注意力。我再也记不得任何事情。这里没有笔、没有录音机,好像都被抢走了。我好不容易才拿到一支粉笔,在墙壁上记录每天发生的事情。有时觉得,做这些又有何用?毕竟所有的事情都这么杂乱无章。

*

我虽被拉去进行现场还原,但我什么都没

做。不，是什么都做不了。连记都记不得的事情要怎么还原呢？村人朝我丢东西，说我禽兽不如。一个飞来的瓶子击中了我的额头，好痛啊！

*

朴柱泰来找我。我每次看到朴柱泰，都觉得非常混乱。他说在我附近徘徊很久是事实，他怀疑这一带发生的连环杀人事件与我有关。朴柱泰一坐下，就有一个心理学家进来，坐在他旁边。好像是在电视里分析连环杀人犯心理的人，可又好像不是。

朴柱泰问我：

"您记不记得我和警察大学的学生一起去找过您？"

"那是安刑警。"

"没有安刑警这个人，是我带学生去的。"

不可能，我强烈地否定道。朴柱泰转头看了心理学家。我注意到他们相视一笑。

"不是，你和恩熙来过我家，不是还说要跟恩熙结婚吗？"

"我是见过金恩熙小姐。因为她经常进出您家，所以问了她几个问题。"

"我不是撞到你的车了吗？你的吉普车。那又是怎么回事？"

"应该没那回事。我开的车是现代朗动。"

"你的意思是你也不打猎吗？"

"不打猎。"

对话越长，我就越感混乱。我最后问道：

"连环杀人案结束了吗？"

"还不知道，再过一阵子就会知道的。"

心理学家和朴柱泰交换了意味深长的微笑后，把我留在原地，径自走了出去。

*

有些时候,我的精神状况很好,有些时候又很恍惚。

*

"你觉得冤枉吗?"

刑警问我,我摇摇头。

"你觉得你是被诬陷的吗?"

这句话让我觉得可笑。刑警低估了我,那是让我心情最糟糕的事情。如果我当初及时被逮捕,会受到比现在更严厉的处罚。如果是二十世纪七十年代,我可能会被立刻推上绞刑台,或者坐上电椅。

我杀死了恩熙的母亲。我去她家,先把恩熙的父亲杀死,然后绑架了她下了班的母亲,并把她杀死。年幼的恩熙因为在托儿所，所以逃过一劫。那些场面至今都还清晰地留在我的脑海里，可是我完全不记得恩熙的死。即便如此，警察好像在我家找出许多杀害和埋葬时使用的工具，可能在后院还有我来不及整埋的东西。他们说那些工具上都留有我的指纹。他们如果决意要抓我的话，有什么事是做不出来的？

我听说，有个画家因为画了太多画作，以至于自己也无法判断究竟是不是伪作。画家主张那是伪作，并如此说道：

"虽然似乎是我画的，但我完全不记得。"

画家终究在诉讼中败诉。我就是那样的心情。我向刑警说道：

"虽然好像是我犯下的罪行，但我完全记不得。"

刑警催我好好想想，说人都被你杀了，怎么可能记不得？我抓住他的手。他没有甩开。我看着他的眼睛说道：

"你是无法理解的。我比谁都想记住那个场面,我也想记住啊!因为对我来说,那些记忆太珍贵了。"

*

大家都否定我对恩熙的所有记忆,没有一个人站在我这边。电视这样描述我:"旧职是兽医,退休后成了一个和邻居几乎没有任何往来的隐居单身汉,也没有家人来探访。"

"那有狗吗?我是说黄狗。"

有一天,我向刑警如此问道。

"狗?啊!那条狗。狗是存在的,不就是那条狗刨了院子?"

黄狗曾经存在过,这让我多少有点安心。

"那条狗现在怎么样了?毕竟主人们都成这样子了。"

"主人们?老伯,您是单身啊!喂,那条狗现在怎么样了?那条土狗。"

进来送文件的年轻警察回答道:

"因为是没有主人的杂种狗,村民好像说要把它抓来吃掉。里长说把吃人肉的狗抓来吃的话成何体统,于是把那条狗给放了,也没有人收养。现在可能变成野狗了吧?"

*

我听到电视里在谈论恩熙。

"金恩熙平时尽心尽力地照顾罹患阿尔茨海默病的老人,她的逝世让同事们难掩内心的悲伤。"

那我和恩熙交谈过的那么多内容又是什么?难道都是我脑袋里编造出来的吗?这不可能。想象怎么可能比现在经历的现实还要更鲜明呢?

"找到很多遗骸了吗？"

刑警点点头。

"我拜托你一件事情。很久以前，我把在市内文化中心工作的女人和她丈夫给杀了。你可不可以去调查一下他们是不是有孩子？"

刑警答应了。他们好像再也不敌视我。有时我感觉他们很尊重我，甚至他们好像还把我当成勇敢的内部举报者似的。几天后，刑警来找我，说道：

"他们有一个三岁大的女儿，和父亲一起被杀死了，用的是钝器。"

刑警翻阅文件后微微一笑。

"真是有趣的巧合，那个死去的孩子也叫恩熙。"

*

突然间,我觉得我输了。可是我输给了什么?我也不知道,只是觉得我输了。

*

岁月流逝,审判也随之进行,人们聚集而来。我被送往不同的地方,人们又蜂拥而至。他们开始询问我的过去,那是我相对能详细回答的部分。我对于自己犯下的罪行可以滔滔不绝,他们也记录了下来。除了杀死父亲的事情以外,我全都说了出来。他们问我,为什么那么久远的事情可以记得如此清楚,而对于最近犯下的罪行却记不得?这像话吗?是不是因为以前的罪行已经过了追诉期,可以完全坦白,而对于最近犯下的罪行,因为害怕被处罚,所以坚决不透露?

他们不知道，我现在正在接受处罚。神已经决定要对我进行何种处罚，我已走进遗忘之中。

*

我死了以后，会不会变成僵尸？不对，我是不是已经变成了僵尸？

*

一个男人来见我。他说自己是记者，想了解"恶"是什么。他的迂腐让我觉得好笑，我问他：
"你为什么想了解恶是什么？"
"要知道才能避开啊！"
我回答道：
"如果能知道，那就不是恶了。你去祷告吧！求神能让恶避开你。"

我对满脸失望的他加上一句：

"可怕的不是恶，而是时间。因为没有人能够赢过它。"

*

我住在一个像监狱又像医院的地方。我已不能区分二者的差异。我又好像是来往于二者之间，似乎只过了一两天，又仿佛过了好久。我无法估算时间，也不知道是上午还是下午。我也无法分辨自己是活着，还是已经死亡。好多陌生人来问我许多名字，可那些名字已经无法唤醒我任何印象。连接事物的名字和感情的机制已经被破坏。我被孤立于巨大宇宙的一点之上，而且永远无法脱离。

*

这几天，有一首诗一直在我的脑海里盘旋不已，就好像江边的蜉蝣群一样，紧紧跟随，挥之不去。那是日本的某个死刑犯写的一首俳句。

剩下的
歌曲
来世再听
嘿

*

初次见面的男子坐在我面前。他的面孔狰狞，我有点害怕。他追问我：
"你是不是假装得了阿尔茨海默病，借此躲避处罚？"

"我没得阿尔茨海默病,我只是经常忘东忘西。"

我回答道。

"刚开始你不是声称自己得了阿尔茨海默病?"

"我?我不记得了。我没得阿尔茨海默病,只是有点累而已。不,不是有点,是真的很累。"

他摇摇头,指着纸张问道:

"你为什么杀了金恩熙?动机是什么?"

"我?什么时候?把谁杀了?"

他不断说着我无法理解的事情。我因为疲倦,越来越无法支撑自己的身体。我向他低头,然后求他,如果我做错了什么事,请一定要原谅我。

*

我连睁开眼睛都很困难。我完全无法估算时刻,连是早晨还是晚上也难以分辨。

*

我几乎听不懂人们说的话。

*

我现在终于能领悟到以前无意中背下的《般若波罗蜜多心经》一段章节。我躺在床上一直背诵。

"是故空中无色,无受想行识,无眼耳鼻舌身意,无色声香味触法,无眼界,乃至无意识界。无无明,亦无无明尽,乃至无老死,亦无老死尽,无苦集灭道,无智亦无得。"

*

我悠悠地漂浮在温水里,安静而平稳。我是

谁？这是哪里？微风从空中吹来，我不停地在那里游着，而无论再怎么游也无法逃离这里。这个没有声音、没有震动的世界渐渐变小，不断地变小，然后变成一个小点，变成宇宙的灰尘，不，连灰尘也于焉消失。

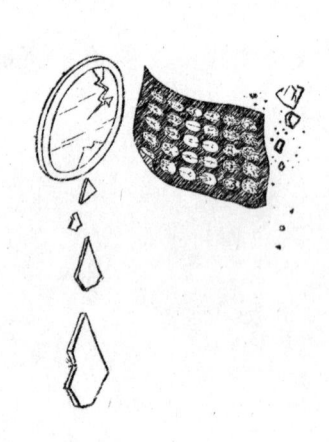

作者的话

这本小说是我的小说

金英夏
二〇一三年七月

我曾相信写小说如同孩子玩乐高积木一样，是我可以任意创造一个世界，然后再摧毁的有趣游戏，但事实并非如此。写小说就几近于马可·波罗去没有人体验过的世界旅行一般。首先，他们"要把门打开"。在首次访问的那个陌生世界里，我只能在被允许的时间范围里停留。他们说"时间到了"的话，我就必须离开，就算想再停留也不可以。然后我再次寻找充满陌生人物的世界，开始流浪。这样理解以后，我的心里变得非常平静。

小说家本身，意外地很少有自主性，写下第一句后，就会被那个句子支配。如果一个人物登场，就必须跟随那个人物行动，如果到达小说的结尾，作家的自主性则将收敛为零。最后一个句子绝对不能违背前面所写的任何一个句子。什么造物主是这样的？没这回事。

这次的小说因为进度尤其缓慢，让我吃了不少苦头，常常一整天只写一两个句子。刚开始，我非常烦闷，但想想，那正是主人公的步调，他不是个失去记忆的老人吗？所以我决定放松心情，慢慢地写，就那样一字一句地写下去的某一天，我突然醒悟到：

这是我的小说，我应该写，而且只有我能写。

如果再次回到旅人的比喻，我确信只有我访问了那个世界，也只有我接受了那个世界。如果没有这个过程，我大概也无法完成这部小说。

我还在习作的阶段时，没有像样的收入，只能靠父母过活。我父亲和深更半夜才睡觉、日上三竿才起床的疏懒儿子不同，总是黎明即起，照料一家老小。他应该很讨厌看到我异常杂乱的书桌，却尽量忍受。一天我发牢骚说："如果有谁每天早上收拾我的书桌，我一定会成为相当不错的作家。"从那天起，父亲总是上来到我在二楼的房间，清理我的书桌，将塞满烟蒂的烟灰缸倒空，然后用水洗干净后放回原处。

虽然有很多应该感谢的人，但我想把这本小说献给我的父亲，那位每天清理怀揣作家梦的儿子的烟灰缸的父亲。我短居国外期间，他得了重病，目前也还在与病魔对抗。我祈求他能健康地活久一点，有朝一日看到儿子成为"相当不错的作家"。

书评

笑不出来的笑话,萨德-佛陀的噩梦

权熙哲(文学评论家)

· 1 ·

"但是我敢说,如果你觉得这本小说很好读,那一瞬间,你就是误读了这本小说。"金英夏的这段话,虽是写于他的第四部长篇小说《光之帝国》出版之后,但这句话如果留给《杀手的记忆法》,就更妥帖了。

如果说《杀手的记忆法》有什么明显的缺点,那就是这本小说"太好读"了。凝练的语言果断地推动事件走向结局,讲求速度感的男性化文风也牢牢抓住了读者的视线。罹患阿尔茨海默病的七十岁孤独老人金炳秀，其实是在三十年间不断杀人，于二十五年前停手的连环杀人犯。他能否战胜阿尔茨海默病？能否恢复以前的功力，在与新登场的"连环杀人犯"朴柱泰的对决中获胜，并保护自己受到朴柱泰觊觎的女儿恩熙？小说看来也快速地朝这些问题的方向前进。

但是读到这本小说的最后十余页，读者可能会觉得惶惑不解，那是因为接近结尾才发现，因为看得太快而遗漏了关键内容。"太好读"的《杀手的记忆法》看上去是献给血腥与暴力的小说，但那些部分只是为了最后的大混乱而积累的逆转装置而已。这本小说最令人惊悚的瞬间并非揭晓金炳秀最终在战斗中落败，"女儿"恩熙惨遭杀害的场面，而是他拼命想要守护的"女儿"从一开始就不存在的这种不安感的渐渐涌现。那么，为了保护恩熙所做的努力都是什么？和金炳秀对决的新的"连环杀人犯"朴柱泰是否曾经存在？这样的书写可以说是对男性化文风的速度的完美背叛，在视野变窄的疾驰中毫无打滑痕迹的紧急刹车，在爆破巨响之间突如其来的绝对静寂。最具决定性的是，这些陌生的氛围慢慢地转变为惊悚的体验。罹患阿尔茨海默病的前连环杀人犯的孤独战争，即占据这本小说大部分"太"好读的场面，其实都只是为了将这些紧急刹车和静寂惊悚的效果最大化，进而精巧地配置那些发出巨响和疾驰的内容。

· 2 ·

如果你是一位觉得这本小说"太好读"，因而特别期待《杀手的记忆法》结局将会如何的读者，也许会对这本小说最后的大混乱感到失望。"这所有的一切都只是痴呆症老人的妄想而已？两名'连环杀人犯'之间应该展开决斗，怎么可以变成一场空，而让小说终结？这不是太令人扼腕了吗？"这种失望很有可能是因为错过了下列关键环节。

（A）隔壁养的狗经常在我们家进进出出，有时会在院子里大小便，只要一看到我就开始狂吠。这里是我家啊，你这只狗崽子。

拿石头丢它，它也不会逃走，只是在周围团团转。下班回来的恩熙说，这只狗是我们家的。骗人。恩熙为什么要骗我？（第47～48页）

（B）是啊，那叫作小偷妄想吧？我也知道。但这不是妄想啊，明明就有东西不见了。日志和录音机都带在身上，所以没事，但有其他东西不见了。

"对了，狗不见了。狗不见了。"

"爸，我们家哪有养狗？"

奇怪，我们家明明好像有养狗啊！（第98～99页）

（C）"这不是我们家的狗……我得把门关好，

要不然什么乱七八糟的都跑进来了。"

"这狗以前也在啊！难道不是您家的狗吗？"

"从没见过的东西最近老是进进出出的。滚一边去！（对狗喊）"（第126页）

"天赋异禀的杀手"（第6页），即便杀人时已经算无遗策，但因为怀着"下次一定可以做得更好"（第3页）的希望，不断进行更完美的杀人。他罹患阿尔茨海默病，连自己家的狗都不认识，还拿石头丢它。而对于性情大变的主人，自家的狗也不认识了，对他狂吠。仔细看来，似乎有种难堪的悲伤，但退一步再次观之，这场面又有些可笑，在考虑（A）（B）（C）的落差后，竟然开始觉得可怖。对拿石头丢狗的金炳秀说"这条狗是我们家的"的恩熙，后来问道："爸，我们家哪有养狗？"来找金炳秀的安刑警问："这条狗以前也在啊！难道不是您家的狗吗？"这中间到底发生了什么事？为了弥补不确然的记忆，连环杀人犯将所有事情巨细无遗地加以记录，并且期待该记录能支撑住他的世界。但即便是在记录里面，世界仍与自身不一致，甚至缓缓地崩塌。这并不只是单纯地叙述不认识自己养的狗，整本小说最终也没能确认主人公究竟有没有养狗，构成金炳秀世界的一个小细节变得不确定，继而开始对世界整体产生怀疑。这本结构精巧的小说缜密地将内容一点一滴地拆解，让金炳秀的整体世界变得脆弱，导向崩溃的状态。这本小说并不是到最后才将故事翻转为"这一切都是妄想"，而是直到最后一滴水使濒临崩溃的混乱之洋泛滥后，我们才对出现裂痕的整个过程后知后觉。

· 3 ·

《杀手的记忆法》记录的是主人公的世界逐

渐倾颓的惊悚体验，而不是夸张地呈现阿尔茨海默病的症状。金英夏将其呈现为《般若波罗蜜多心经》的噩梦。《般若波罗蜜多心经》？这不就是佛法的精髓——给我们这些受苦受难的人带来开悟和宁静吗？那会成为噩梦吗？受恐惧煎熬的金炳秀为了安慰自己而经常阅读，甚至背诵下来的，正是《般若波罗蜜多心经》的重要部分，他在记录的前半部和后半部反复引用了两次。

是故空中无色，无受想行识，无眼耳鼻舌身意，无色声香味触法，无眼界，乃至无意识界。无无明，亦无无明尽，乃至无老死，亦无老死尽。无苦集灭道，无智亦无得。（第8页，第174页。）

我们经验的世界，以及构成该世界的所有物质、感觉和思维其实并无实体，而是我们心里建立的假象，因此执着于这些假象、遭受苦痛是多么愚蠢的事（无明）。领悟到构成世界的所有东西（色）其实都是空，误以为达到该领悟的路径不同，于是再次执着于修行的权宜之计，再次领悟造成偏见的所有事情其实都是空，如此才醒悟到我们平凡的日常、生命的中央已经与宇宙的秘义一致（本来面目），那才是没有烦恼和苦痛的干扰，活出安稳的生命（解脱）。这大概就是之前引用强调"空"的《般若波罗蜜多心经》的教诲。听起来可能会觉得有些观念性，但是这些观念明显可以看出是引导我们从苦痛中获得拯救，朝向平安前进的力量。但就是这种指引在《杀手的记忆法》中却显得尤为惊悚。

你相信你自己是"非常厌恶说话不算话的人"（第25页），因此对于自己说出的话一定要信守承诺，所以你按照最后一个被害者，也就是恩熙母亲的愿望，让她的女儿活了下来，并且领养她，此刻则要保护她不为新的"连环杀人犯"朴柱泰所害。可是根本不存在你觉得的，不存在你想要承诺的约定，也不存在你要保护的恩熙（你早已把恩熙和她母亲都杀了）。因为恩熙不存在，所以也根本不存在要加害恩熙的朴柱泰，那些与朴柱泰之间发生的微妙心理争战也都是假象。因为什么都是不存在的，所以那是否就意味着平安？那是否就是无我的境界？如果能从错误的认识、固执和苦痛集合体的自我当中解脱固然很好，但这里剩下的并非无我的状态，而是极度的混乱。在崩塌的世界中，你再也无法理解任何东西，你唯一能做的，就是在那些由无法理解的东西汇聚成的大海上，恒久浮沉。崩塌的世界之墙越发紧缩，那将成为变窄的监狱，慢慢地浓缩为黑暗的点，无限地紧缩，继而收敛为无。那种消失和解脱大为不同，与其说那是无，倒不如说是苦痛与惊悚的无限凝缩。

但是这与金炳秀描述自己阿尔茨海默病症状的重要环节完全不同,"词汇逐渐消失。我的脑部变得像海参一样平滑、出现漏洞,所有东西因此都在流失。"(第21页)因出现漏洞而崩塌的世界碎片全部流失了,剩下的只是流失的碎片影子创造的巨大混沌,成为无法理解、变得平滑却无法滑落而出的一滴大海之水。这部小说的最后一段,附加于《般若波罗蜜多心经》的连环杀人犯的批注就是如此。

我悠悠地漂浮在温水里,安静而平稳。我是谁?这是哪里?微风从空中吹来,我不停地在那里游着,而无论再怎么游也无法逃离这里。这个没有声音、没有震动的世界渐渐变小,不断地变小,然后变成一个小点,变成宇宙的灰尘,不,连灰尘也于焉消失。(第174~175页)

金炳秀最终与解脱渐行渐远，他人生的终点逐渐消失于监狱里。

· 4 ·

让烦恼和忧虑消失的佛教教诲反转为这种噩梦，也许是从连环杀人犯的创世纪开始也未可知，《杀手的记忆法》开头有个场面就是金炳秀读着《金刚经》。

"应无所住，而生其心。"（第5页）

这个句子因为六祖惠能的逸事而格外有名。一个不识字的少年以砍柴维生，某天在墙外听到读《金刚经》的声音，突然产生学习佛法之心，于是辞母上黄梅山师事五祖弘忍习佛，并继承其衣钵，被立为第六代祖。惠能领悟的章节即为

"应无所住，而生其心：人应该对世俗物质无所执着，才有可能深刻悟佛"。万勿执着于诱惑我们的任何虚相，而应顺应自己内心的这个教诲。连环杀人犯似乎用完全不同的方式加以理解。他的心灵和任何人、任何对象都未能产生联结，独自兴起、独自消亡，正是这样的心灵让他成为连环杀人犯。

我的心是一座沙漠，不曾生长任何东西，也没有所谓的湿气。我年幼时也曾努力试图理解他人，但对我来说，那是极为困难的课题。我一直躲避人们的视线，他们觉得我是谨慎而老实的人。(第35页)

我喜欢安静的世界，所以绝对不能住在都市里。有太多的声音向我袭来，太多的招牌、指示牌，以及人，还有他们的表情，我都没有办法解

释，我会害怕。(第109页)

　　一个完全无法理解、无法和他人产生联结的胆小鬼，将自己的无能转换为有能力时，就会否定自己无法理解、无法与之产生联结的对象，进而将其转变为必须破坏的对象，"恶"随之出现。除了自己以外的任何对象都不会放在心上，通过随意控制、否定所有对象的方式，确认自己的能力、获取愉悦，这正是连环杀人犯的心态。

　　恩熙不知道，我曾经追求的愉悦是没有他人参与的。我从未感受过和他人一起做事情的喜悦。我永远都是在深深地挖掘我的内心，在那里面找寻持续长久的快乐……(第107页)

　　调查长期未解案件的警察大学学生，拿着他犯下的案件资料前来家里时，金炳秀极度兴奋。

警察大学学生离开之后,我还是兴奋不已。我真想让他们坐下,听我高谈阔论。从第一次杀人到最后一次杀人为止,直到现在,所有案件我都记得极其清楚。他们一定会用闪亮而好奇的眼光听我说话吧?你们见过的那些记录都没有主语吧?只是充满宾语和谓语的不完整记录。那里面用"不详"替代了那个名字。我就是那个名字,那个主语。我真想如此大声宣扬……
(第97页)

那些案件中,创造、排列、完成被害者宾语和残酷谓语的"主语"正是金炳秀自己,这个事实让他陷入极度兴奋。他在杀人中感觉到的"快感"不只是施行暴力的肉体快感,也是他确认自己是完整主语的灵魂快感。在这样的快感中,他除了自己以外,没有必要考虑任何对象、脉络,因此也不需踌躇于体念对方,也没有理由限制或约束自我。连环杀人犯的世界里，主语只是自己，其余只是为了让主语加以否定而准备的、即将破坏的材料罢了。这个孤立存在的主语尽享自己强大的主权，这也是连环杀人的现场。在这萨德式的快乐舞台上，自由与孤独危险地相互缠绕。

如此观之，他坦白自己第一次杀人——杀掉父亲时的场面，也必须做不同解读。

将父亲杀死是最好的选择，我后悔的只是原本我自己可以做的事，却连累了母亲和妹妹。（第31页）。

我刚开始读到这些句子时，以为是"后悔将弱小、善良的两个女人拉进这个残忍的事件中"，此刻却或可解读为"后悔将不相干的人拉进这个事件中，破坏了孤独自由的王国"。

· 5 ·

"应无所住,而生其心。"被引导至萨德式的噩梦,创造出被害者期间,连环杀人犯或许也隐约感觉到对自己而言也是噩梦。

每个人都会有一个救赎之处的想象,……我则时常想起监狱,想起腋下、腹股沟和全身汗腺发出气味的粗野男人。囚犯们会借森严的等级制度让我服从于他们,在那里面,我似乎才可以彻底忘记我自己,似乎才可以平息片刻未休、忙于折腾的自己。

……也许我长久过着独自做决定、执行所有事情的生活,因而对此厌烦了也未可知。对我而言,能将我恶魔式的自律性收敛、归零的世界,就是监狱和惩罚室。那是我不能杀死、埋葬任何人,甚至连想象此等事本身都不被允许的地方,

那是我的肉体、精神被彻底破坏的地方，是我永远丧失自我的地方。(第100·101页)

他因自身的无能，而隐隐期盼以自己熟悉的暴力方式，强迫实现过去未能实现的"建立关系"一事。在内心深处，他希望服从于其他粗野的男人，经由这样的方式，可以使这恶魔式的、在自由和孤独中狂暴地操控着权力的自律逐渐被消磨。他觉得被关在监狱里，失去孤独和自由才是自己获得救赎的方式。他也认为干脆失去这种恶魔式的自律更好，亦即连环杀人的罪行其实只不过是这个无能的男人错误解读《金刚经》的噩梦、错误地挥洒于现实之上而已。他想从噩梦当中醒转过来。

监狱形象作为连环杀人犯想象的救赎，反映出他毕生做的两个噩梦。他因为没有能力和任何人建立关系，虽然尽享独自主语的自由与权威，但正是他对那种自由和权威的尽享,使他彻底地孤独。在这个意义上,他被关在恶魔式的自律的监狱里,那正是他错误解读《金刚经》的噩梦。他因为这个噩梦,接受连环杀人的处罚,致使他晚年又必须被另一种噩梦所困扰,即阿尔茨海默病——《般若波罗蜜多心经》的噩梦。世界朝着"空"倾颓,连环杀人犯崩塌的碎片影子翻涌于混沌的海洋中,虽在其中挣扎,但无法挣脱——这是他的第二个监狱。金炳秀是否不自觉地想象过,通过将这两个"监狱"——两个噩梦囚禁于现实的监狱中,自己便能获得救赎呢?

· 6 ·

《杀手的记忆法》让我留下最近较为罕见的"男性"小说的印象,不是因为这本小说推出连环杀人犯,召唤血腥与暴力之故。这本小说蕴含的成熟男性体验，呈现的样子为：一、我们拥有的任何计划、意志、热情，都无法获得相应结局或补偿的绝望感；二、我们一步一步行进的生命轨迹，终究会以不完全的形态结束的忧郁预感；三、对于"环绕着我们的世界和命运，没有任何内在的意义，只是一波波涌现的不协调"的模糊认知。这本小说用彻底的冷酷创造这种模糊认知，并将忧郁的预感呈现为现实，充斥着信念的体验形式。所以，成熟的男性阳刚气质所具有的美德是，不会过分严肃看待人生抛给我们的某些迹象或诱饵。成熟的男性不执着或心焦于甜蜜的结局，对于痛苦的结局也不会心生挫折或怨恨，也不会陷入倦怠和无力。只有幼稚的男人才会自顾自被诱饵欺骗，并充满期待，且因为过度期望的结果未能出现而大发雷霆、诅咒人生。不久之后，却再次去咬诱饵。那些人在反复做这些事情过程中变成无力的废物而老去。成熟的男人并不觉得人生蕴含什么深奥的计划，也不会做出任何值得信赖的约定，人生只是向我们抛来惊悚或令人厌烦的玩笑。人生抛出玩笑，男人以笑回应。面对那种并不单纯愉快的玩笑，还能以笑相对的人，才是成熟的男人。

这本小说之所以能让人感受到男性气息，正是因为心思缜密、坚韧强悍的男子汉做好了露出那种笑容的准备。

阿尔茨海默病对年老的连环杀人犯而言，简直是人生送来的烦人玩笑，不，是整人节目的偷拍摄影机：吓了一跳吧？对不起，我只是开玩笑而已。（第38页）

我虽生来对悲伤无感，对幽默却是有所反应的。（第5页）

我们之所以能够在最后的大混乱之前,以近似愉快的心情阅读这个可怕的故事,应该也是因为成熟男性的幽默感吧!这个男人甚至模仿人生,自己创造令人厌烦的笑话。虽然能笑出声来,不久之后却变成冷飕飕的笑话,例如以下的段落:

因为不知道诗是什么,所以我如实地写出了杀人的过程。……老师说我的诗文非常新颖,……并反复赞赏了我的"metaphor"……,
听完我才明白,metaphor就是比喻。
啊哈!

这么说虽然有些过意不去,但那些东西根本就不是比喻啊!你这天真的人!(第7~8页)

听说我们郡和邻近的郡有三个女子连续遇害,警方断定是连环杀人案,……在我被"宣

判"得了阿尔茨海默病之后,紧接着就出现了第三个被害者,所以我当然会这么问自己:

或许,是我干的吗?(第11～12页)

如此看来,金炳秀掀起的对决并不是对抗另一个连环杀人犯,而似乎是对抗人生抛出的玩笑。他已经做好笑迎人生玩笑的准备;反之,在他看来,自己有时也向人生抛出玩笑。但是,连环杀人犯终究也无法豁然而笑、大干一场。

"突然间,我觉得我输了。可是我输给了什么?我也不知道,只是觉得我输了。"(第169页)

因为他分配到的命运的玩笑太过强烈而惊悚,任谁都无法笑出来。这是精巧地雕琢出的恐怖记录,甚至这是连让人们陷入恐惧的恶魔般的连环杀人犯也无法承受的惊悚。我们当中,没有任何人能胜过人生抛给我们的恶魔般的玩笑。这种玩笑是恐怖的，它由双重的噩梦抑或双重的监狱衍生而来，让我们无法以笑待之。或许那就是《杀手的记忆法》传递给我们的"恶意"的礼物。